U0651541

幸福是一种能力

全新修订版

周国平

作品

CNS PUBLISHING & MEDIA

湖南文艺出版社
HUNAN LITERATURE AND ART PUBLISHING HOUSE

博集天卷
CS-BOOKY

幸福喜欢捉迷藏。

我们年轻时，它躲藏在未来，引诱我们前去寻找它。

曾几何时，我们发现自己已经把它错过，

于是回过头来，又在记忆中寻找它。

幸福是一种能力

在世上的一切东西中，

好像只有幸福是人人都想要的。

幸福不是零碎和表面的情绪，

而是灵魂的愉悦。

幸福是相对的，

现实中的幸福是包容人生各种正负经历的丰富体验。

人生中必然遭遇挫折和痛苦，
把它们视为纯粹的坏事予以拒斥，是一种愚痴，
只会使自己离幸福越来越远。

比成功和幸福更重要的是，

一个人必须有一个真实的自我、一个饱满的灵魂，

它决定了一个人争取成功和体验幸福的能力。

目录

Contents

第一章

走在自己的路上

第二章

沟通的必要和限度

第三章

幸福是灵魂的事

第四章

做自己喜欢做的事

第五章

爱还是被爱

第六章

父母们的眼神

第七章

以尊严的方式承受苦难

走在自己的路上

第一章

我走在自己的路上了。

成功与失败、幸福与苦难都已经降为非常次要的东西。

最重要的东西是这条路本身。

认识你自己

“认识你自己！”——这是铭刻在希腊圣城德尔斐神殿上的著名箴言，希腊和后来的哲学家喜欢引用来规劝世人。对这句箴言可做三种理解。

第一种理解是，人要有自知之明。这大约是箴言本来的意思，它传达了神对人的要求，就是人应该知道自己的限度。希腊人大抵也是这样理解的。有人问泰勒斯，什么是最困难之事，回答是：“认识你自己。”接着的问题：什么是最容易之事？回答是：“给别人提建议。”这位最早的哲人显然是在讽刺世人，世上有自知之明者寥寥无几，好为人师者比比皆是。看来苏格拉底领会了箴言的真谛，他认识自己的结果是知道自己一无所知，为此受到了德尔斐神谕的最高赞扬，被称作全希腊最有智慧的人。

第二种理解是，每个人身上都藏着世界的秘密，因此，都可以通过认识自己来认识世界。在希腊哲学家中，好像只有晦涩哲人赫拉克利特接近了这个意思。他说："我探寻我自己。"还说，他的哲学仅是"向自己学习"的产物。不说认识世界，至少就认识人性而言，每个人自己身上的确都有着丰富的素材，可惜大多被浪费掉了。事实上，自古至今，一切伟大的人性认识者都是真诚的反省者，他们无情地把自己当作标本，借之反而对人性有了深刻而同情的理解。

第三种理解是，每个人都是独一无二的个体，都应该认识自己独特的禀赋和价值，从而自我实现，真正成为自己。这种理解最流行，我以前也常采用，但未必符合作为城邦动物的希腊人的实情，恐怕是文艺复兴以来的引申和发挥了。

成为你自己

童年和少年是充满美好理想的时期。如果我问你们，你们将来想成为怎样的人，你们一定会给我许多漂亮的回答。譬如说，想成为拿破仑那样的伟人、爱因斯坦那样的大科学家、曹雪芹那样的文豪等等。这些回答都不坏，不过，我认为比这一切更重要的是：首先应该成为你自己。

姑且假定你特别崇拜拿破仑，成为像他那样的盖世英雄是你最大的愿望。好吧，我问你：就让你完完全全成为拿破仑，生活在他那个时代，有他那些经历，你愿意吗？你很可能会激动地喊起来：太愿意啦！我再问你：让你从身体到灵魂整个都变成他，你也愿意吗？这下你或许有些犹豫了，会这么想：整个变成了他，不就是没有我自己了吗？对了，我的朋友，正是这样。那么，你不愿意了？当然喽，因为这意味着世界上曾经有过拿破仑，这个事实没有改变，唯一的变化是你压根不存在了。

由此可见，对每个人来说，最宝贵的还是他自己。无论他多么羡慕别的什么人，如果让他彻头彻尾成为这个别人而不再是自己，谁都不肯了。

也许你会反驳我说：你说的真是废话，每个人都已经是他自己了，怎么会彻头彻尾成为别人呢？不错，我只是在假设一种情形，这种情形不可能完全按照我所说的方式发生。不过，在实际生活中，类似情形常常在以稍微不同的方式发生着。真正成为自己可不是一件容易的事。世上有许多人，你可以说他是随便什么东西，例如是一种职业、一种身份、一个角色，唯独不是他自己。如果一个人总是按照别人的意愿生活，没有自己的独立思考，总是为外在的事务忙碌，没有自己的内心生活，那么，说他不是他自己就一点也没有冤枉他。因为确确实实，从他的头脑到他的心灵，你在其中已经找不到丝毫真正属于他自己的东西了，他只是别人的一个影子和事务的一架机器罢了。

那么，怎样才能成为自己呢？这是真正的难题，我承认我给不出一个答案。我还相信，不存在一个适用于一切人的答案。我只能说，最重要的是每个人都要真切地意识到他的“自我”的宝贵，有了这个觉悟，他就会自己去寻找属于他的答案。在茫茫宇宙间，每个人都只有一次生存的机会，都是一个独一无二、不可重复的存在。正像卢梭所说的，上帝把你造出来后，就把那个属于你的特定的模子打碎了。名声、财产、知识等都是身外之物，人人都可求而得之，但没有人能够代替你感受人生。你死之后，没有人能够代替你再活一次。如果你真正意识到了这一点，你就会明白，活在世上，最重要的事就是活出你自己的特色和滋味来。你的人生是否有意义，衡量的标准不是外在的成功，而是你对人生意义的独特领悟和坚守，从而使你的自我闪现出个性的光华 。

在历史上，每当世风腐败之时，人们就会盼望救世主出现。其实，救世主就在每个人的心中。耶稣是基督徒公认的救世主，可是连他也说：“一个人得到了整个世界，却失去了自我，又有何益？”《圣经》中的这一句是金玉良言，值得我们永远牢记。

走在自己的路上

面前纵横交错的路，每一条都通往不同的地点。那心中只有一个物质目标而没有幻想的人，一心一意走在其中的一条路上，其余的路对于他等于不存在。那心中有幻想而没有任何目标的人，漫无头绪地尝试着不同的路线，结果只是在原地转圈子。那心中既有幻想又有精神目标的人，走在一切可能的方向上，同时始终走在他自己的路上。

一个人年轻时，外在因素——包括所遇到的人、事情和机会——对他的生活信念和生活道路会发生较大的影响。但是，在到一定年龄以后，外在因素的影响就会大大减弱。那时候，如果他已经形成自己的生活信念，外在因素就很难再使之改变；如果仍未形成，外在因素也就很难再使之形成了。

孔子说："三十而立。"我对此话的理解是：一个人在进入中年的时候，应该确立生活的基本信念了。所谓生活信念，第一是做人的原则，第二是做事的方向。也就是说，应该知道自己在这个世界上要做怎样的人、想做怎样的事了。

当然，"三十"不是一个硬指标，孔子毕竟是圣人，一般人也许晚一些。但是，"立"与不"立"是硬道理，无人能够回避。一个人有了"立"，才真正成了自己人生的主人。那些永远不"立"之人诚然也在生活，不过，对于他们的生活，可用一个现成的词形容，叫作"混"。这样的人不该再学孔子的口气说"三十而立"，最好改说"三十而混"。

我走在自己的路上了。成功与失败、幸福与苦难都已经降为非常次要的东西。最重要的东西是这条路本身。

他们一窝蜂挤在那条路上，互相竞争、推搡、阻挡、践踏。前面有什么？不知道。既然大家都朝前赶，肯定错不了。

你悠然独行，不慌不忙，因为你走在自己的路上，它仅仅属于你，没有人同你争。

我不是一个很自信的人，但我的自信恰好达到这个程度，使我能够不必在乎外来的封赐和奖赏。

我曾经也处于被虚荣迷惑的年龄，因为那时候我还没有看清事物的本质，尤其还没有看清我自己的本质。我感到现在我已经站在一个最合宜的位置上，它完全属于我，所有追逐者的脚步不会从这里经过。我不知道我是哪一天来到这个地方的，但一定很久了，因为我对它已经如此熟悉。

自己的园地

你们读过法国作家圣埃克苏佩里写的《小王子》吗？如果没有，那就太可惜了，一定要找来读一读。在我看来，它是世界上最棒的一篇童话，哪怕你们拿全世界的唐老鸭和圣斗士来跟我交换，我也决不肯。

童话的主人公是一个小王子，他住在一颗只比他大一点的星球上，与一株玫瑰为伴，天天为她浇水。有一天，他和玫瑰花拌了几句嘴，心里烦，便离开他的星球，出去漫游了。他先后到达六颗星球，遇见了一些可笑的大人。例如有一个商人，他的全部事情就是计算星星，他把这叫作“占有”。他就为“占有”而活着。他告诉小王子，他已经“占有”了五亿零一百六十二万二千七百三十一颗星星。

小王子问他："你拿它们做什么呢？"他答："我把它们存到银行里去。"小王子不明白这是什么意思，商人便解释说："这就是说，我在一张字条上写下我的星星的数目，然后把这张字条锁在抽屉里。"小王子问："这就完了吗？"商人答："当然，这样我就很富啦。"在别的星球上，小王子遇见的大人也都在为他不明白的东西活着，什么权力、虚荣、学问呀。他心想：大人们真是怪透了。

小王子最后来到地球。在一片盛开的玫瑰园里，他看见五千株玫瑰，不禁怀念起他自己的那株玫瑰来。他的那株玫瑰与眼前这些玫瑰长得一模一样，但他觉得她是独一无二的。这是为什么呢？一只聪明的狐狸告诉他："是你为你的玫瑰花费的时间，使你的玫瑰变得这么重要。对于你使之驯服的东西，你是负有责任的。"

这句话说得好极了。一个人活在世上，必须有自己真正爱好的事情，才会活得有意思。这爱好完全是出于他的真性情，而不是为了某种外在的利益，例如为了金钱、名声之类。他喜欢做这件事情，只是因为他觉得事情本身非常美好，他被事情的美好所吸引。这就好像一个园丁，他仅仅因为喜欢而开辟了一块自己的园地，他在其中培育了许多美丽的花木，为它们倾注了自己的心血。当他在自己的园地上耕作时，他心里非常踏实。无论他走到哪里，他都会牵挂着那些花木，如同母亲牵挂着自己的孩子。这样的一个人，一定会活得很充实。相反，一个人如果没有自己的园地，不管当多大的官、做多大的买卖，他本质上始终是空虚的。这样的人一旦丢了官、破了产，他的空虚就暴露无遗了，会惶惶然不可终日，发现自己在世界上无事可做，也没有人需要他，成了一个多余的人。

事实上，我们在小时候往往都是有真性情的。就像小王子所说的："只有孩子们知道他们在寻找些什么，他们会为了一个破布娃娃而不惜让时光流逝，于是那布娃娃就变得十分重要，一旦有人把它拿走，他们就哭了。"孩子并不问破布娃娃值多少钱，它当然不值钱啦，可是，他们天天抱着它，和它说话，便对它有了感情，它就比一切值钱的东西更有价值了。一个人在衡量任何事物时，看重的是它们在自己生活中的意义，而不是它们在市场上能卖多少钱，这样一种生活态度就是真性情。你们长大了，当然不会再抱着一个破布娃娃不放，但是我希望你们不要丢掉小时候对待破布娃娃的这种态度，不要丢掉真性情，不要丢掉自己真正的爱好。

小王子十分幸运，他在地球上终于遇见了一个能够理解他的大人，那就是这篇童话的作者。他和小王子特别谈得来，不过，正因为如此，他在大人们中间真是非常孤独。他和大人们谈什么都谈不通，只好和他们谈桥牌、高尔夫、政治、领带什么的，而他们也就很高兴自己结识了一个正经人。后来，小王子因为想念他的玫瑰花，回到那个小星球上去了。那么，现在这位圣埃克苏佩里在哪里呢？他是第二次世界大战时法国最出色的飞行员，在一次飞行中失踪了。我相信，他一定是去寻找他的小王子了。

自爱和自尊

自爱者才能爱人，富裕者才能馈赠。给人以生命欢乐的人，必是自己充满着生命欢乐的人。一个不爱自己的人，既不会是一个可爱的人，也不可能真正爱别人。他带着对自己的怨恨到别人那里去，就算他是去行善的吧，他的怨恨仍会在他的每一件善行里显露出来，给人以损伤。受惠于一个自怨自艾的人，还有比这更不舒服的事吗？

只爱自己的人不会有真正的爱，只有骄横的占有。不爱自己的人也不会有真正的爱，只有谦卑的奉献。

如果说爱是一门艺术，那么，恰如其分的自爱便是一种素质，唯有具备这种素质的人才能成为爱的艺术家。

人与人之间有同情，有仁义，有爱。所以，世上有克己助人的慈悲和舍己救人的豪侠。但是，每个人终究是一个生物学上和心理学上的个体，最切己的痛痒唯有自己能最真切地感知。在这个意义上，对每个人来说，他最关心的还是他自己，世上最关心他的也还是他自己。要别人比他自己更关心他，要别人比关心自己更关心他，都是违背作为个体的生物学和心理学特性的。结论是：每个人都应该自立。

我曾和一个五岁男孩谈话，告诉他，我会变魔术，能把一个人变成一只苍蝇。他听了十分惊奇，问我能不能把他变成苍蝇，我说能。他陷入了沉思，然后问我，变成苍蝇后还能不能变回来，我说不能，他决定不让我变了。我也一样，想变成任何一种人，体验任何一种生活，包括国王、财阀、圣徒、僧侣、强盗、妓女等，甚至也愿意变成一只苍蝇，前提是能够变回我自己。所以，归根到底，我更愿意是我自己。

对于别人的痛苦，我们的同情一开始可能相当活跃，一旦痛苦持续下去，同情就会消退。我们在这方面的耐心远远不如对于别人的罪恶的耐心。一个我们不得不忍受的别人的罪恶仿佛是命运，一个我们不得不忍受的别人的痛苦却几乎是罪恶了。

我并非存心刻薄，而是想从中引出一个很实在的结论：当你遭受巨大痛苦时，你要自爱，懂得自己忍受，尽量不用你的痛苦去搅扰别人。

失败者往往会成为成功者的负担。

失败者的自尊在于不接受施舍，成功者的自尊在于不以施主自居。

做自己的一个冷眼旁观者和批评者，这是一种修养，它可以使我们保持某种清醒，避免落入自命不凡或者顾影自怜的可笑复可悲的境地。

尽管世上有过无数片叶子，还会有无数片叶子，尽管一切叶子都终将凋落，我仍然要抽出自己的绿芽。

人人都在写自己的历史，但这历史缺乏细心的读者。我们没有工夫读自己的历史，即使读，也是读得何其草率。

记录成长

成长是人生最重要而奇妙的经历之一，我们在一生中有两次机会来体验这个经历，一次是为人子女，在父母抚育下长大，另一次是为人父母，抚育孩子长大。然而，我们所经历过的事情，未必就是我们所了解的。事实上，在这两种情形下，我们的处境都带有某种不可避免的盲目性。因此，孩子怎样长大——始终是一个需要我们特别关注的题目。

在这方面，有一个做法值得提倡，就是从孩子出生那天起，就坚持不懈地为孩子写日记，记录孩子的成长过程。在我看来，凡是有文化的父母都应该这样做，这是他们能够为孩子也为自己做的一件极有价值的事情。

当一个人处在成长中时，他必然是当局者迷，无法从旁来观察自己的成长过程。一颗种子只是凭着生命的本能发芽和生长罢了。生命在其早期阶段有多少令人惊喜的可爱的表现，可是对这生命的主人来说，它们往往连记忆也留不下，成了一笔在岁月中永远遗失的财富。我们在孩提时代是如此，现在我们的孩子也是如此。如果你是一个珍惜自己的生命经历的人，你一定会为这种缺失而遗憾。那么，既然现在你做了父母，你为什么不为你的孩子来做这一件可以减轻其遗憾的事情呢？我相信，在孩子长大后，做父母的能够送给孩子的最好礼物就是一本记录其童年趣事和成长细节的日记。

当然，在做了父母以后，我们也未必是旁观者清。孩子的成长并非一个发生在父母的生活之外的事件，它始终是与父母自己的生活交织在一起的。孩子长大的过程，同时也是父母抚养和教育孩子的过程，我们身在这同一个过程中，并不是超脱和清醒的旁观者。一个人即使是专门的教育家，一旦自己为人父母，抚育孩子长大仍然是一种全新的经验，必须在实践中摸索。正因为如此，记录孩子的成长对于我们自己也有了必要。当我们这样做的时候，我们同时也是在对自己抚育孩子的经验进行反省和思考，被记录下来的不仅是我们观察到的孩子学习做人的过程，也是我们自己学习做父母的过程。因此，这一份将来送给孩子的珍贵礼物，同时也是我们自己生命中一段重要历程的宝贵留念。

我承认，持之以恒地做这件事是相当困难的，因为我们不只是做父母，除了抚育孩子之外，我们还有许多别的事情要做，不得不为了生存或事业而奋斗。在日常的忙碌中，我们很容易变成粗心的，甚至麻木的父母。不过，在我看来，这恰好是我们应该坚持做这件事的又一个理由，它也许是防止我们变成这样的父母的一个有效方法。一旦养成了习惯，记录的必要会促使我们的感觉更敏锐、观察更细致。通过记录成长，我们也在更好地欣赏和研究成长。

议论家

我是一个患有恐会症的人，病因在于不自信。无论什么会议，但凡要求出席者发言的，我就尽量谢绝。如果实在谢绝不了，灾难就来了，自得到通知之日起，我就开始惴惴不安。一旦置身于会场，我就更是如坐针毡。通常我总是拣一个不引人注意的角落里的座位，期望能侥幸地躲过发言。我知道自己对于许多事情是无知的，我的自尊心和虚荣心都不允许我炫耀我的无知，对这些事情说些人云亦云的空话和言不及义的废话。

由于自己的这种弱点，我十分佩服那些敢于在会议上侃侃而谈的自信者，留心听取他们的发言。然而，在多数情形下，我惊奇地发现，他们对于所谈论的事情并不比我更有知识，只是更有谈论的勇气罢了。我的另一个发现是，这样的自信者是一个相当固定的人群，他们每会必到，每到必滔滔不绝，已经构成当今学界的一个新品种。让我试着给这个新品种画像——

他们当然是一些忙人兼名人，忙于出席各种名目的会议，因频繁出现在传媒的各个版面上而出名。在一切热闹的场面上，你必能发现他们风尘仆仆的身影。无论流行什么时髦的话题，你都不可避免地要听到他们的声音。他们如此辛勤地追赶时髦，每一次都务求站到时髦的最前列去，以至于你几乎难以分清，究竟他们是在追赶时髦，还是在领导时髦。从保守主义到自由主义，从卡夫卡到后现代，从公共交通到住房改革，他们谈论一切，无所不写。他们的所谈所写有一个共同的特点，便是充满着发言的激情，所发之言却空洞无物，大同小异，两者形成了鲜明的对照。事实上，他们对自己所谈论的事情未必真有兴趣，他们最关心的事情就是要在所有这些事情上插上一嘴，否则便会觉得没有尽到自己的责任，甚至会感到人生的失落和空虚。他们是一些什么人呢？不能说他们是理论家，因为他们并没有自己的理论体系。也不能说他们是评论家，因为他们并没有自己的评论领域。他们最恰当的称呼是——议论家。他们是一些以议论一切事情为庄严使命的人。

自从发现这个新品种以后，我的恐会症有增无减，简直可以说病入膏肓了。我害怕即使我能够成功地逃避发言，我的出席也会使我成为这个新品种的沉默的陪衬，而这是我的自尊心和虚荣心更加不能允许的。所以，虽然我是一个顾情面而不善于拒绝的人，但相当一段时间以来，我还是鼓起勇气谢绝了大部分会议的邀请。

自我二重奏

一

有与无

日子川流不息。我起床，写作，吃饭，散步，睡觉。在日常的起居中，我不怀疑有一个我存在着。这个我有名有姓，有过去的生活经历、现在的生活圈子。我忆起一些往事，知道那是我的往事。我怀着一些期待，相信那是我的期待。尽管我对我的出生毫无印象，对我的死亡无法预知，但我明白这个我在时间上有始有终，轮廓是清楚的。

然而，有时候，日常生活的外壳仿佛突然破裂了，熟悉的环境变得陌生，我的存在失去了参照系，恍兮惚兮，不知身在何处，我是谁，世上究竟有没有一个我。

庄周梦蝶，醒来自问："不知周之梦为蝴蝶与？蝴蝶之梦为周与？"这一问成为千古迷惑。问题在于，你如何知道你现在不是在做梦？你又如何知道你的一生不是一个漫长而短促的梦？也许，流逝着的世间万物，一切世代，一切个人，都只是造物主的梦中景象。

我的存在不是一个自明的事实，而是需要加以证明的，于是有笛卡尔的命题："我思故我在。"

但我听见佛教导说：诸法无我，一切众生都只是随缘而起的幻象。

正当我为我存在与否苦思的时候，电话铃响了，听筒里叫着我的名字，我不假思索地应道：

"是我。"

二
轻与重

我活在世上，爱着，感受着，思考着。我心中有一个世界，那里珍藏着许多往事，有欢乐的，也有悲伤的。它们虽已逝去，却将永远活在我心中，与我终身相伴。

一个声音对我说：在无限宇宙的永恒岁月中，你不过是一个顷刻便化为乌有的微粒，这个微粒的悲欢甚至连一丝微风、一缕轻烟都算不上，刹那间就会无影无踪。你如此珍惜的那个小小的心灵世界，究竟有何价值？

我用法国作家辛涅科尔的话回答：“是的，对于宇宙，我微不足道；可是，对于我自己，我就是一切。”

我何尝不知道，在宇宙的生成变化中，我只是一个极其偶然的存在，我存在与否完全无足轻重。面对无穷，我确实等于零。然而，我可以用同样的道理回敬这个傲慢的宇宙：倘若我不存在，你对我来说岂不也等于零？倘若没有人类及其众多自我的存在，宇宙的永恒存在究竟有何意义？而每个自我一旦存在，便不能不从自身出发估量一切，正是这估量的总和使本无意义的宇宙获得了意义。

我何尝不知道，在人类的悲欢离合中，我的故事极其普通。然而，我不能不对自己的故事倾注更多的悲欢。对我来说，我的爱情波折要比罗密欧的更加惊心动魄，我的苦难要比俄狄浦斯的更加催人泪下。原因很简单，因为我不是罗密欧，不是俄狄浦斯，而是我自己。事实上，如果人人看轻一己的悲欢，世上就不会有罗密欧和俄狄浦斯了。

我终归是我自己。当我自以为跳出了我自己时，仍然是这个我在跳。我无法不成为我的一切行为的主体，我对世界的一切关系的中心。当然，同时我也知道每个人都有他的自我，我不会狂妄到要充当世界和他人的中心。

三
灵与肉

我站在镜子前，盯视着我的面孔和身体，不禁惶惑起来。我不知道究竟盯视者是我，还是被盯视者是我。灵魂和肉体如此不同，一旦相遇，彼此都觉得陌生。我的耳边响起帕斯卡的话语：肉体不可思议，灵魂更不可思议，最不可思议的是肉体居然能和灵魂结合在一起。

人有一个肉体似乎是一件尴尬的事。那个丧子的母亲终于停止哭泣，端起饭碗，因为她饿了。那个含情脉脉的姑娘不得不离开情人一小会儿，她需要上厕所。那个哲学家刚才还在谈论面对苦难的神明般的宁静，现在却因为牙痛而呻吟不止。当我们的灵魂在天堂享受幸福或在地狱体味悲剧时，肉体往往不合时宜地把它拉回到尘世。

马雅可夫斯基在列车里构思一首长诗，眼睛心不在焉地盯着对面的姑娘。那姑娘惊慌了。马雅可夫斯基赶紧声明："我不是男人，我是穿裤子的云。"为了避嫌，他必须否认肉体的存在。

我们一生中不得不花费许多精力来伺候肉体：喂它，洗它，替它穿衣，给它铺床。博尔赫斯屈辱地写道："我是他的老护士，他逼我为他洗脚。"还有更屈辱的事：肉体会背叛灵魂。一个心灵美好的女人可能其貌不扬，一个灵魂高贵的男人可能终身残疾。荷马是瞎子，贝多芬是聋子，拜伦是跛子。而对一切人相同的是，不管我们如何精心调理，肉体仍不可避免地要走向衰老和死亡，拖着不屈的灵魂同归于尽。

那么，不要肉体如何呢？不，那更可怕，我们将不再能看风景、听音乐、呼吸新鲜空气、读书、散步、运动、宴饮，尤其是——世上不再有男人和女人，不再有爱情这件无比美妙的事。原来，灵魂的种种愉悦根本就离不开肉体，没有肉体的灵魂不过是幽灵，不附有任何生命的激情和欢乐，比死好不了多少。

所以，我要修改帕斯卡的话：肉体是奇妙的，灵魂更奇妙，最奇妙的是肉体居然能和灵魂结合在一起。

四
动与静

喧哗的白昼过去了，世界重归于宁静。我坐在灯下，感到一种独处的满足。

我身上必定有两个自我。一个好动，什么都要尝试，什么都想经历。另一个喜静，对一切加以审视和消化。这另一个自我，如同罗曼·罗兰所说，是“一颗清明宁静而非常关切的灵魂”。仿佛是它把我派遣到人世间活动，鼓励我拼命感受生命的一切欢乐和苦难，同时又始终关切地把我置于它的视野之内，随时准备把我召回它的身边。即使我在世上遭受最悲惨的灾难和失败，只要我识得返回它的途径，我就不会全军覆没。它是我的守护神，为我守护着一个任何风雨都侵袭不到也损坏不了的家园，使我在最风雨飘摇的日子里也不至于无家可归。

五

真与伪

我走在街上，一路朝熟人点头微笑；我举起酒杯，听着应酬话，用笑容答谢；我坐在一群妙语连珠的朋友中，自己也说着俏皮话，赞赏或得意地大笑……

在所有这些时候，我心中会突然响起一个声音：“这不是我！”于是，笑容冻结了。莫非笑是社会性的，真实的我永远悲苦，从来不笑？

多数时候，我是独处的，我曾庆幸自己借此避免了许多虚伪。

可是，当我关起门来写作时，我怎能担保已经把公众的趣味和我的虚荣心也关在了门外，因而这个正在写作的人必定是真实的我呢?

“成为你自己！”——这句话如同一切道德格言一样知易行难。我甚至无法判断，我究竟是否已经成为我自己。角色在何处结束，真实的我在何处开始，这界限是模糊的。有些角色仅是服饰，有些角色却已经和我们的躯体生长在一起，如果把它们一层层剥去，其结果比剥葱头好不了多少。

演员尚有卸装的时候，我们却生生死死都离不开社会的舞台。在他人目光的注视下，甚至隐居和自杀都可以是在扮演一种角色。也许，只有当我们扮演某个角色露出破绽时，我们才得以一窥自己的真实面目。

卢梭说：“大自然塑造了我，然后把模子打碎了。”这话听起来自负，其实适用于每一个人。可惜的是，多数人忍受不了这个失去了模子的自己，于是又用公共的模子把自己重新塑造一遍，结果彼此变得如此相似。

我知道，一个人不可能也不应该脱离社会而生活。然而，有必要减少社会的交往。我不妨和他人交谈，但要更多地直接向上帝和自己说话。我无法一劳永逸地成为真实的自己，但是，倘若我的生活中充满着仅仅属于我的不可言说的特殊事物，我也就在过一种非常真实的生活了。

六
逃避与寻找

我是喜欢独处的，不觉得寂寞。我有许多事可做：读书，写作，回忆，遐想，沉思，等等。做着这些事的时候，我相当投入，乐在其中，内心很充实。

但是，独处并不意味着和自己在一起。在我潜心读书或写作时，我很可能是和想象中的作者或读者在一起。

直接面对自己似乎是一件令人难以忍受的事，所以人们往往要设法逃避。逃避自我有二法，一是事务，二是消遣。我们忙于职业上和生活上的种种事务，一旦闲下来，又用聊天、娱乐和其他种种消遣打发时光。

对文人来说，许多时候，读书和写作只是一种消遣或一种事务，比起斗鸡走狗之辈，诚然有雅俗之别，但逃避自我的实质则为一。

然而，有这样一种时候，我翻开书，又合上，拿起笔，又放下，不知道自己究竟要什么，找不到一件自己真正想做的事，只觉得心中弥漫着一种空虚怅惘之感。这是无聊袭来的时候。

当一个人无所事事而直接面对自己时，便会感到无聊。在通常情况下，我们仍会找些事做，尽快逃脱这种境遇。但是，也有无可逃脱的时候，我就是百事无心，不想见任何人，不想做任何事。

自我似乎喜欢捉迷藏，如同蒙田所说："我找我的时候找不着；我找着我由于偶然的邂逅比由于有意的搜寻多。"无聊正是与自我邂逅的一个契机。这个自我，摆脱了一切社会的身份和关系，来自虚无，归于虚无。难怪我们和它相遇时，不能直面相视太久，便要匆匆逃离。可是，让我多坚持一会儿吧。我相信，这个可怕的自我一定会教给我许多人生的真理。

自古以来，哲人们一直叮咛我们："认识你自己！"卡莱尔却主张代之以一个"最新的教义"："认识你要做和能做的工作！"因为一个人永远不可能认识自己，而通过工作则可以使自己成为完人。我承认认识自己也许是徒劳之举，但同时我也相信，一个人倘若从来不想认识自己，从来不肯从事一切无望的精神追求，那么，工作绝不会使他成为完人，而只会使他成为庸人。

最合宜的位置

我相信，每个人降生到这个世界上来，一定有一个对于他最合宜的位置，这个位置仿佛是在他降生时就给他准备了的，只等他有一天来认领。我还相信，这个位置既然仅仅对于他是最合宜的，别人就无法与他竞争，如果他不认领，这个位置就只是浪费掉了，而并不是被别人占据了。我之所以有这样的信念，是因为我相信，上帝造人不会把两个人造得完全一样，每个人的禀赋都是独特的，由此决定了能使其禀赋和价值得到最佳实现的那个位置必然也是独特的。

然而，一个人要找到这个对于他最合宜的位置，殊为不易。环境的限制，命运的捉弄，都可能阻碍他走向这个位置。即使客观上不存在重大困难，由于心智的糊涂和欲望的蒙蔽，他也可能在远离这个位置的地方徘徊乃至折腾。尤其在今天这个充满诱惑的时代，不少人奋力争夺名利场上的位置，甚至压根没想到世界上其实有一个仅仅属于他的位置，而那个位置始终空着。

我的这个认识，是在许多年里逐渐清晰起来的，现在可以说到了牢不可破的地步。我丝毫不怀疑，我现在所在的这个位置是最适合我的，因此，外界的诱惑对我发生不了什么作用。可是，若有人问我这究竟是一个什么位置，我好像又说不清楚。可以肯定的是，完全不能用学者、作家之类的职业来定义它。如果勉强说，就说它是一种很安静的生活状态吧。现在我的生活基本上由两件事情组成，一是读书和写作，我从中获得灵魂的享受，另一是亲情和友情，我从中获得生命的享受。亲情和友情使我远离社交场的热闹，读书和写作使我远离名利场的热闹。人最宝贵的两样东西——生命和灵魂，在这两件事情中得到了妥善的安放和真实的满足，夫复何求，所以我过着很安静的生活。

我当然知道，这种很安静的生活适合我，未必适合别人。一定有人更适合过一种轰轰烈烈的生活，他们不妨去叱咤风云，指点江山，一展宏图。人的禀赋各不相同，共同的是，一个位置对于自己是否最合宜，标准不是看社会上有多少人争夺它、眼红它，而是应该去问自己的生命和灵魂，看它们是否真正感到快乐。

与自己谈话的能力

有人问犬儒派创始人安提西尼，哲学给他带来了什么好处，回答是：“与自己谈话的能力。”

我们经常与别人谈话，内容大抵是事务的处理、利益的分配、是非的争执、恩怨的倾诉、公关、交际、新闻等。独处的时候，我们有时也在心中说话，细察其内容，仍不外上述这些，因此实际上也是在对别人说话，是对别人说话的预演或延续。我们真正与自己谈话的时候是十分稀少的。

要能够与自己谈话，必须把心从世俗事务和人际关系中摆脱出来，回到自己。这是发生在灵魂中的谈话，是一种内在生活。哲学教人立足于根本审视世界，反省人生，带给人的就是过内在生活的能力。

与自己谈话的确是一种能力，而且是一种罕见的能力。有许多人，你不让他说凡事俗务，他就不知道说什么好了。他只关心外界的事情，结果也就只拥有仅仅适合与别人交谈的语言了。这样的人面对自己当然无话可说。可是，一个与自己无话可说的人，难道会对别人说出什么有意思的话吗？哪怕他谈论的是天下大事，你仍感到是在听市井琐闻，因为在里面找不到那个把一切联结为整体的核心，那个照亮一切的精神。

第二章

沟通的必要和限度

真正的友谊是不喧嚣的。
根据我的经验，真正的好朋友也不像社交高手那样频繁相聚。
在一切人际关系中，互相尊重是第一美德，
而必要的距离又是任何一种尊重的前提。

亲疏随缘

曾有人问我如何处理人际关系，我的回答是：尊重他人，亲疏随缘。这个回答基本上概括了我对待友谊的态度。

人在世上是不能没有朋友的。不论天才还是普通人，没有朋友都会感到孤单和不幸。事实上，绝大多数人都会有自己或大或小的朋友圈子。如果一个人活了一辈子连一个朋友也没有，那么，他很可能怪僻得离谱，使得人人只好敬而远之，或者坏得离谱，以至于人人侧目。

不过，一个人又不可能有许多朋友。所谓朋友遍天下，不是一种诗意的夸张，便是一种浅薄的自负。热衷于社交的人往往自诩朋友众多，其实他们心里明白，社交场上的主宰绝不是友谊，而是时尚、利益或无聊。真正的友谊是不喧嚣的。根据我的经验，真正的好朋友也不像社交高手那样频繁相聚。在一切人际关系中，互相尊重是第一美德，而必要的距离又是任何一种尊重的前提。使一种交往具有价值的不是交往本身，而是交往者各自的价值。在交往中，每人所能给予对方的东西，绝不可能超出他自己所拥有的。他在对方身上能够看到些什么，大致也取决于他自己拥有些什么。高质量的友谊总是发生在两个优秀的独立人格之间，它的实质是双方互相由衷的欣赏和尊敬。因此，重要的是使自己真正有价值，配得上做一个高质量的朋友，这是一个人能够为友谊所做的首要贡献。

我相信，一切好的友谊都是自然而然形成的，不是刻意求得的。我们身上都有一种直觉，当我们初次与人相识时，只要一开始谈话，很快就能感觉到彼此是否相投。当两个人的心性非常接近时，或者非常远离时，我们的本能做判断最快，立刻会感到默契或抵牾。对于那些中间状态，我们也许要稍费斟酌，斟酌的快慢是和它们偏向某一端的程度成比例的。这就说明，两个人能否成为朋友，基本上是一件在他们开始交往之前就决定了的事情。也就是说，人与人之间关系的亲疏，并不是由愿望决定的，而是由有关的人各自的心性及其契合程度决定的。愿望也应该出自心性的认同，超出于此，我们就有理由怀疑那是别有用心，多半有利益方面的动机。利益之交也无可厚非，但双方应该心里明白，最好还是摆到桌面上讲明白，千万不要顶着友谊的名义。凡是顶着友谊名义的利益之交，最后没有不破裂的，到头来还互相指责对方不够朋友，为友谊的脆弱大表义愤。其实，关友谊什么事呢？所谓友谊一开始就是假的，不过是利益的面具和工具罢了。今天的人们给了它一个恰当的名称，叫感情投资，这就比较诚实了，我希望人们更诚实一步，在投资时把自己的利润指标也通知被投资方。

当然，不能排除一种情况：开始时友谊是真的，只是到了后来，面对利益的引诱，一方对另一方做了不义的事，导致友谊破裂。在今日的商业社会中，这种情况也是司空见惯的。我不想去分析那行不义的一方的人品究竟是本来如此，现在暴露了，还是现在才变坏的，因为这种分析过于复杂。我想说的是，面对这种情况，我们应取的态度也是亲疏随缘，不要企图去挽救什么，更不要陷在已经不存在的昔日友谊中，感到愤愤不平，好像受了天大的委屈。应该知道，一个人的人品是天性和环境的产物，这两者都不是你能够左右的，你只能把它们的产物作为既定事实接受下来。跳出个人的恩怨，做一个认识者，借自己的遭遇认识人生和社会，你就会获得平静的心情。

论友谊

再好的朋友也应该有距离，太热闹的友谊往往是空洞无物的。

与人相处，如果你感到格外轻松，在轻松中又感到真实的教益，我敢断定你一定遇到了你的同类，哪怕你们从事着截然不同的职业。

哲学家、诗人、音乐家、画家都有自己的行话。有时候，不同的行话说着同一个意思。有时候，同一种行话说着不同的意思。

隔行如隔山，但没有翻越不了的山头，灵魂之间的鸿沟却是无法逾越的。我们对同行说行话，对朋友吐心声。

人与人之间最深刻的区分不在职业，而在心灵。

看到书店出售教授交际术、成功术之类的畅销书，我总感到滑稽。一个人对某个人有好感，和他或她交了朋友，或者对某件事感兴趣，想方设法把它做成功，这本来都是自然而然的。不熟记要点就交不了朋友，不乞灵秘诀就做不成事业，可见多么缺乏真情感、真兴趣了。但是，没有真情感，怎么会有真朋友呢？没有真兴趣，怎么会有真事业呢？既然如此，又何必孜孜于交际和成功？这样做当然有明显的功利动机，但那还是比较表面的，更深的原因是精神上的空虚，于是急于找捷径躲到人群和事务中去。我不知道其效果如何，只知道如果这样的交际家走到我身旁，我一定会更感寂寞，如果这样的成功者站在我面前，我一定会更觉无聊的。

读书如交友，但至少有一个例外，便是读那种传授交友术的书。

交友术兴，真朋友亡。

友谊是宽容的。正因为如此，朋友一旦反目，就往往不可挽回，说明他们的分歧必定十分严重，已经到了不能宽容的地步。

只有在好朋友之间才可能发生绝交这种事，过去交往愈深，现在裂痕就愈难以修复，而维持一种泛泛之交又显得太不自然。至于本来只是泛泛之交的人，交与不交本属两可，也就谈不上绝交了。

外倾性格的人容易得到很多朋友，但真朋友总是很少的。内倾者孤独，一旦获得朋友，往往是真的。

这是一个孤独的人。有一天，世上许多孤独的人发现了他的孤独，于是争着要同他交朋友。他困惑了：他们因为我的孤独而深信我是他们的朋友，我有了这么多朋友，就不再孤独，如何还有资格做他们的朋友呢？

获得理解是人生的巨大欢乐。然而，一个孜孜以求理解、没有旁人的理解便痛不欲生的人是个可怜虫，把自己的价值完全寄托在他人的理解上的人往往并无价值。

某哲人说：朋友如同衣服，会穿旧的，需要时时更新。我的看法相反：朋友正是那少数几件舍不得换掉的旧衣服。新衣服当然不妨穿一穿，但是，能不能成为朋友，不到穿旧时是判断不了的。

朋友

一个周末的早晨，我突然想到这个题目。又是周末了，谁会给我打电话呢？我已经发现，平时的电话总是十分繁忙，周末的电话却比较稀少。平时来电话的多为编辑、记者之类，为了约稿或采访，属于公事，周末来电话的大抵是朋友，想聊聊天或聚一聚，属于私交。那么，我的朋友越来越少了吗？

朋友实在是一个非常笼统的词。一般人所说的朋友，多指熟悉到了一定程度的熟人，遇到需要帮忙的事情，彼此间是求得上的。关于这类朋友，前贤常予苛评。

克雷洛夫说："当你遇到困难时，把朋友们找来，你会得到各种好的忠告。可是，只要你一开口提到实际的援助，你最好的朋友也装聋作哑了。”

马克·吐温说：“神圣的友谊如此甜蜜、忠贞、稳固而长久，以至能伴随人的整个一生——如果不要求借钱的话。”

亚里士多德说得更干脆：“啊，我的朋友，世上并不存在朋友。”

我不愿意把人心想象得这么坏，事实上也没有这么坏。我相信只要我的请求是对方力所能及的，我的大多数熟人一定会酌情相助。只是我这个人比较知趣，非到万不得已时绝不愿求人，而真正万不得已的情形是很少的。为了图清净，我也不喜欢把精力耗费在礼尚往来的应酬上。所以，我和一般人的交往常常难以达到所需要的熟悉程度，够不上在这个意义上称作朋友。

与泛泛之交式的友谊相反，另一些人给朋友定的标准极高，如同蒙田所描述的，必须是两个人的心灵完全相融，融合得天衣无缝，犹如两个躯体共有一颗灵魂，因而彼此对于对方都是独一无二的，其间的友谊是不容第三者分享的。据蒙田自己说，他和拉博埃西的友谊便是如此。我不怀疑天地间有这样可歌可泣的友谊，不过，就像可歌可泣的爱情一样，第一，它有赖于罕见的机遇，第二，它多半发生在青年时期。蒙田与拉博埃西就是在青年时期相识的，而且仅仅五年，后者便去世了。一般来说，这种恋情式的友谊往往带有年轻人的理想主义色彩，难以持续终身。当然，并非绝无可能，那便是鲁迅所谓“人生得一知己足矣”的境界了。不过，依我之见，既然忠贞不贰的爱情也只能侥幸得之，忠贞不贰的友谊之难觅就不算什么了不得的缺憾了。总之，至少现在我并不拥有这种独一无二的密友。

现在该说到我对朋友的理解了。我心目中的朋友，既非泛泛之交的熟人，也不必是心心相印的恋人，程度当在两者之间。在这世界上有若干个人，不见面时会互相惦记，见了面能感觉到一种默契，在一起度过一段愉快的时光，他们便是我心目中的朋友了。有时候，这样的朋友会像滚雪球一样聚合，形成一个所谓的圈子。圈子容易给人以错觉，误以为圈中人都是朋友。我也有过一个格调似乎很高的圈子，当时颇陶醉于一次次高朋满座的欢谈，并且以为这样的日子会永远延续下去。未曾料到，由于生活中的变故，这个圈子对于我已不复存在。鲍斯威尔笔下的约翰生说：“一个人随着年龄增长，如不结交新朋友，他就会很快发现只剩下了孤身一人。人应当不断修补自己的友谊。”我以前读到这话很不以为然，现在才悟出了其中的辛酸。不过，交朋友贵在自然，用不着刻意追求。在寂寞的周末，我心怀感激地想起不多的几位依然互相惦记着的老朋友和新朋友，于是平静地享受了我的寂寞。

沟通、隔膜和关爱

我越来越倾向于认为，人与人之间有隔膜是最正常的现象，没有隔膜倒是例外，甚至是近乎不可能的奇迹。不过，虽然隔膜是普遍的，我们在许多时候却未必会感觉到它们，它们经常是以潜在的形态存在着的。

所谓隔膜，是指沟通有障碍。因此，你感觉到隔膜，前提应该是你有沟通的愿望，你对那些你不曾想到要与之沟通的人是不会感觉到隔膜的。我这里所说的不包括你一接触就反感的那种人，因为那种隔膜太直接，你的本能立刻替你做出了判断，阻止你产生任何与之沟通的愿望。在与人交往时，人们会有一种嗅觉，嗅出眼前这个人的气味是否适合自己，区别只在灵敏的程度。但是，在多数情况下，你对你泛泛接触到的人不会有如此强烈的好恶，你的态度是中性的，你对他们还谈不上什么隔膜之感。只有那些因为机缘而程度不等地进入了你的生活中、构成了你的人际关系的人，你才会程度不等地产生和他们沟通的愿望，于是便有可能发现彼此之间隔膜的存在了。

事实上，无论是谁，只要扪心自问都会承认，在自己的亲人、朋友、同事、熟人中间，真正能够与自己心灵契合的究属少数，不，哪怕只有一个也已经够幸运的了。这意味着人们完全意识到，在自己的各种交往中，隔膜是或多或少存在着的。不过，据我观察，大多数人并不为此苦恼，至少并不长久苦恼，多半是把这作为一个无法改变、许多时候也就无须改变的事实接受下来，渐渐安之若素了。我觉得这种心态是健康而合理的。仔细追溯起来，一个人在这个世界上的交往范围带有很大的偶然性，不是自己可以选择的。你之所以与这些人有了比与其他人多的来往，是因为你出生在这个家族里，你从事着这个职业，你进入了这个圈子，如此等等。在你和他们打交道的时候，他们已经是一些有着自己的性格和阅历的人了，倘若你竟要求这些原本与你不同并且因为偶然的原因进入你的生活的人能够与你息息相通，就未免太不近情理了。

在什么情况下，我们才会因为发现了隔膜的存在而真正感到痛苦呢？当然是在我们内心非常在乎那个人、非常在乎彼此的关系的时候。这就是在爱情和亲密的私人友谊中发生的情况。这时候我们不但有强烈的沟通愿望，而且往往自以为已经有了沟通的事实，可是突然，不和谐音出现了，也许是对方的一句话使我们感觉不是滋味，也许是对方的一个行为使我们受了伤害，裂痕出现了。昨天我们越是感觉心心相印，今天的裂痕就越是使我们疼痛，我们的隔膜感就越是尖锐鲜明。正是对于这种情况，我们最有必要做一番分析。

排除掉那种纯粹因为误会产生的龃龉不说，这种亲密者之间的隔膜感缘何而生？我认为只有一个答案，就是隔膜本来就存在着，只是现在才被发现了而已。这有两种情形。其一是原来的沟通基本上是错觉，实际上彼此心灵的差距非常大，大到完全不足以成为情人和朋友，而现在不过是因为某种刺激，原来闭着的眼睛一下子睁开了。作为当事人，这时候必定会感到异常失望和沮丧，但我认为不必太惋惜，唯一令人惋惜的是你曾经为之浪费了宝贵的感情和光阴。只要你的确认清了巨大隔膜的存在，就千万不要试图去挽救什么，那样只会造成更大的浪费。当然，也用不着从此成为仇人，再大的隔膜也构不成敌对。相反，如果有一方偏不肯正视事实，仍然强求一种亲密的关系，很可能在对方的心中激起厌恶，在自己的心中激起仇恨。

另一种情形是随着彼此了解的深入，原来隐藏着的某些不大不小的差距显露出来了。这并不表明原来的沟通是误解，应该说沟通基本上是事实，但是，与此并存的还有另外一个事实，便是：因为人类心灵的个别性和复杂性，沟通必然是有限度的。我们不妨假定，人的心灵是有质和量的不同的。质不同，譬如说基本的人生态度和价值取向格格不入，所谓“道不同不相为谋”，沟通就无从谈起。质相同，还会有量的差异。两个人的精神品质基本一致，灵魂内涵仍会有深浅宽窄之别，其沟通的深度和广度必然会被限制在那比较浅窄的一方的水平上。即使两个人的水平相当，在他们心灵的各个层次上也仍然会存在着不同的岔路和拐角，从而造成一些局部的沟通障碍。

我的这个描述无疑有简单化的毛病。我只是想说明，人与人之间的完全沟通是不可能的，因而不同程度的隔膜是必然存在的。既然如此，任何一种交往要继续下去，就必须是能够包容隔膜的。首先，高质量的交往应该是心灵最深层次的相通，同时对那些不能沟通的方面互相予以尊重。其次，在现实生活中，两个人即使无法有深层的沟通，也未必意味着不能在一起相处。博大精深如歌德，不是与后来成为他妻子的比较平庸的克里斯蒂娜基本上相安无事，彼此厮守了一辈子吗？当然，歌德一生中不乏深层的沟通，例如与席勒，与贝蒂娜，以及通过他的作品而与一切潜在的知音沟通。歌德显然懂得，居家过日子与精神交流是两回事，隔膜的存在并不妨碍日常生活。你可以说他具备智者的胸怀，也可以说他具备凡人的常识。与歌德相反，荷尔德林用纯粹精神的尺度衡量世俗的人际关系，感觉到的是与整个外部世界不可穿透的隔膜，结果在自闭中度过了凄凉的一生。

现在人们提倡关爱，我当然赞成。我想提醒的是，不要试图用关爱去消除一切隔膜，这不仅是不可能的，而且会使关爱蜕变为精神强暴。在我看来，一种关爱不论来自何方，越是不带精神上的要求，就越是真实可信，母爱便是一个典型的例证。关爱所给予的是普通的人间温暖，而在日常生活中，我们真正需要并且可以期望获得的也正是这普通的人间温暖。至于心灵的沟通，基本上是一件可遇而不可求的事情，因而对之最适当的态度是顺其自然。

沟通的必要和限度

人皆有与人共享快乐的需要。你一定有这样的体会：当你快乐的时候，如果这快乐没有人共享，你就会感到一种欠缺。譬如说，你独自享用一顿美餐，无论这美餐多么丰盛，你也会觉得有点凄凉而乏味。如果餐桌旁还坐着你的亲朋好友，情形就大不一样了。同样，你看到了一种极美丽的景色，如果唯有你一人看到，而且不准你告诉任何人，这不寻常的经历不但不能使你满足，甚至会成为你内心的痛苦。

乘飞机，突发奇想：如果在临死前，譬如说这架飞机失事了，我从空中摔落，而这时我看到了极美的景色，获得了极不寻常的体验，这经历和体验有没有意义呢？由于我不可能把它们告诉别人，它们对于别人当然没有意义。对于我自己呢？人们一定会说：既然你瞬间就死了，这种经历和体验亦随你而毁灭，在世上不留任何痕迹，它们对你也没有意义。可是，同样的逻辑难道不适用于我一生中任何时候的经历和体验吗？不对，你过去的经历和体验或曾诉诸文字，或曾传达给他人，因而已经实现了社会功能。那么，意义的尺度归根结底是社会的吗？

不止一位先贤指出，一个人无论看到怎样的美景奇观，如果他没有机会向人讲述，他就绝不会感到快乐。人终究是离不开同类的。一个无人分享的快乐绝非真正的快乐，而一个无人分担的痛苦则是最可怕的痛苦。所谓分享和分担，未必要有人在场，但至少要有人知道。永远没有人知道，绝对的孤独，痛苦便会成为绝望，而快乐——同样也会变成绝望！

“假如把你放逐到火星上去，只有你一个人，永远不能再回地球接触人类，同时让你长生不老，那时你做什么？”

“写作。”

“假如你的作品永远没有被人读到的希望呢？”

“自杀。”

我相信，一个优秀的灵魂，即使永远孤独，永远无人理解，也仍然能从自身的充实中得到一种满足，它在一定意义上是自足的。但是，前提是人类和人类精神的存在，人类精神的基本价值得到肯定。唯有置身于人类中，你才能坚持对于人类精神价值的信念，从而有精神上的充实自足。优秀灵魂的自爱其实源于对人类精神的泛爱。如果与人类精神永远隔绝，譬如说陷入无人地带或野蛮部落之中，永无生还的希望，思想和作品也永无传回人间的可能，那么，再优秀的灵魂恐怕也难以自足了。

独特，然后才有沟通。毫无特色的平庸之辈厮混在一起，只有猥琐，岂可与之沟通。每人都展现出自己独特的美，开放出自己的奇花异卉，每人也都欣赏其他一切人的美，人人都是美的创造者和欣赏者，这样的世界才是赏心悦目的人类家园。

孤独中有大快乐，沟通中也有大快乐，两者都属于灵魂。一颗灵魂发现、欣赏、享受自己所拥有的财富，这是孤独的快乐。如果这财富也被另一颗灵魂发现了，便有了沟通的快乐。所以，前提是灵魂的富有。对于灵魂贫乏之辈，不足以言这两种快乐。

在体察别人的心境方面，我们往往都很粗心。人人都有自己的烦恼事，都不由自主地被琐碎的日常生活推着走，谁有工夫来注意你的心境，注意到了又能替你做什么呢？当心灵的重负使你的精神濒于崩溃，只要减一分便能得救时，也未必有人动这一举手之劳，因为具备这个能力的人多半觉得自己有更重要的事要做，压根想不到那一件他轻易能做到的小事竟会决定你的生死。

心境不能沟通，这是人类生存的基本境遇之一，所以每个人在某个时刻都会觉得自己是被弃的孤儿。

相貌和心灵

世上很少有人完全不在乎自己的相貌。一般来说，年轻人比年长者更在乎，女人比男人更在乎。女人重视容貌是情有可原的，既然几乎一切民族的文化都把女性的美丽作为一种价值进行讴歌，作为一种标准来评判她们，而在实际生活中，容貌的美丑对于她们的婚爱、社交乃至职业方面的遭遇确实会产生相当大的影响，那么，她们似乎也就别无选择。年轻人入世还浅，不免看重人际关系较浅的层面，留意别人对于自己的表面印象，所以在容貌上也比较敏感。

与关心名声相比，关心容貌更是一种虚荣，因为与名声相比，容貌离一个人的真实价值更远。现代整容术已经能够把一张脸变成另一张脸，但在新脸皮下面的仍是那个旧人。如果不通过镜子，人是看不见自己的容貌的，常常也是想不起自己的容貌的，而这并不妨碍他做一切事情。镜子代表着别人的眼光，人一照镜子，就是在用别人的眼光审视自己，因此，其实他所关心的是别人对自己的观感。按照他的虚荣程度，别人可以是某个意中人、一般异性或广大而笼统的人群。

虚荣是难免的，怎奈人生易老、红颜难久，这是谁也逃脱不掉的规律。好在绝大多数人都会随着年龄增长而逐步调整自己的心理，克服在相貌方面的虚荣心。事实上，在不同的年龄段，相貌的内容在发生着变化，人们对相貌的感觉和评价也在随之改变。年龄越小，相貌的美就越具有物质的、生理的性质，因而彼此也越为相似。譬如说，天下的娃娃都一样可爱，那是一种近似小动物的美，表现为稚气的表情、娇嫩的皮肤、憨态可掬的动作。少男少女的美洋溢着相同的青春朝气，但我们已能发现，其中有些人因为正在形成的优秀个性而显得更具魅力。对于一个成年人的外貌，我们一般不会对其物理性方面例如五官的构造、皮肤的质地给予高度评价，而是更加看重其所显现的精神内涵。

叔本华说："人的外表是表现内心的图画，相貌表达并揭示了人的整个性格特征。"至少就成年人的相貌而言，他的这一看法是有道理的。在漫长的时间中，一个人惯常的心理状态和行为方式总是伴随着他自己意识不到的表情，这些表情经过无数次的重复，便会铭刻在他的脸上，甚至留下特殊的皱纹。更加难以掩饰的是眼神，一个内心空虚的人绝对装不出睿智的目光。我们大约都遇见过那样的人，他们的粗俗一望而知，仿佛就写在他们的脸上。同样，当我们面对爱因斯坦的肖像时，即使没有读过他的著作，我们从他宽容、幽默、略带忧伤的神情中就能判断他是一位智者。叔本华也举了一个例子：一群高贵的绅士来到维斯孔蒂公爵的宫廷，维斯孔蒂问他年幼的儿子，谁是最智慧的人。孩子稍做环顾，就去拉着彼特拉克的手，把这位文艺复兴时代的巨人带到了父亲面前。有趣的是，中国的圣人孔子和西方的圣人苏格拉底都是相貌极其古怪的人，但是，历史并未留下人们认为他们丑陋的记载。

总之，在到达成熟的年龄以后，一个人相貌中真正有吸引力的是那些展现了智慧、德行、教养、个性等心灵品质的因素。至少就男人而言，这基本上是共识，聪明的女性也是这样来欣赏男人的。那么，女性是否也应该这样来欣赏自己，或者男性是否也应该这样来欣赏女人呢？我认为是的。哪怕是绝色美人也免不了有迟暮的一天，世界上再高明的美容术也不能使美色永驻。因此，女人在中年之后仍然一心要以色媚人，这至少是不明智的。能够使女人长久保持魅力的也是容貌中的精神特性，一个气质高贵的妇人虽然未必像妙龄美女那样令许多男人神魂颠倒，但能获得男人和女人的普遍敬慕。请不要说这不是一种女人魅力，无论男人魅力还是女人魅力都绝不是纯粹的生理特质，而永远是多种因素的综合。另一方面呢，无论男人还是女人，都必须顺应大自然的安排，在不同的季节收获不同的果实。

幸福是灵魂的事

第三章

幸福喜欢捉迷藏。
我们年轻时，它躲藏在未来，引诱我们前去寻找它。
曾几何时，我们发现自己已经把它错过，
于是回过头来，又在记忆中寻找它。

幸福是一种能力

内心世界的丰富、敏感和活跃与否决定了一个人感受幸福的能力高低。在此意义上，幸福是一种能力。

在我看来，所谓成功是指把自己真正喜欢的事情做好，前提是首先要有自己真正的爱好，即自己的真性情，舍此便只是名利场上的生意经。而幸福则主要是一种内心体验，是心灵对于生命意义的强烈感受，因而也是以心灵的感受力为前提的。所以，比成功和幸福更重要的是，一个人必须有一个真实的自我、一个饱满的灵魂，它决定了一个人争取成功和体验幸福的能力。

世界是大海，每个人是一只容量基本确定的碗，他的幸福便是碗里所盛的海水。我看见许多可怜的小碗在海里拼命翻腾，为的是舀到更多的水，而为数不多的大碗则很少动作，看上去几乎是静止的。

英国哲学家约翰·穆勒说："不满足的人比满足的猪幸福，不满足的苏格拉底比满足的傻瓜幸福。"

人和猪的区别就在于，人有灵魂，猪没有灵魂。苏格拉底和傻瓜的区别就在于，苏格拉底的灵魂醒着，傻瓜的灵魂昏睡着。灵魂生活开始于不满足。不满足于什么？不满足于像动物那样活着。正是在这不满足中，人展开了对意义的寻求，创造了丰富的精神世界。

那么，何以见得不满足的人比满足的猪幸福呢？穆勒说，因为前者的快乐更丰富，但唯有兼知两者的人才能做出判断。也就是说，如果你是一头满足的猪，跟你说了也白说。我不是骂任何人，因为我相信，每个人身上都藏着一个不满足的苏格拉底。

人生意义取决于灵魂生活的状况。其中，世俗意义——幸福——取决于灵魂的丰富，神圣意义——德行——取决于灵魂的高贵。

人生的价值可用两个词来代表，一是幸福，二是优秀。优秀，就是人之为人的精神禀赋发育良好，成为人性意义上的真正的人。

幸福，最重要的成分也是精神上的享受，因而是以优秀为前提的。由此可见，二者皆取决于人性的健康生长和全面发展。

经历过巨大苦难的人有权证明，创造幸福和承受苦难属于同一种能力。没有被苦难压倒，这不是耻辱，而是光荣。

有无爱的欲望，能否感受生的乐趣，归根到底是一个内在的生命力的问题。

幸福是一个心思诡谲的女神，但她的眼光并不势利。权力能支配一切，却支配不了命运。金钱能买来一切，却买不来幸福。

人生最美好的享受都依赖于心灵能力，是钱买不来的。钱能买来名画，买不来欣赏；能买来色情服务，买不来爱情；能买来豪华旅游，买不来旅程中的精神收获。金钱最多只是获得幸福的条件之一，永远不是充分条件，永远不能直接成为幸福。

幸福是灵魂的事

在世上的一切东西中，好像只有幸福是人人都想要的。如果你去问人们想不想结婚、生孩子，或者想不想上大学、经商、出国，肯定会得到不同的回答。可是，如果你问人们想不想幸福，大概没有人会拒绝。而且，有些人之所以不想生孩子或经商等，原因正在于他们认为这些东西并不能使他们幸福，想要这些东西的人则认为它们能够带来幸福，或至少是获得幸福的手段之一。也就是说，在相异的选择背后似乎藏着相同的动机，即都是为了幸福。而这同时也表明，人们对幸福的理解有多么不同。

幸福的确是一个极含糊的概念。人们往往把得到自己最想要的东西、实现自己最衷心的愿望称作幸福。然而，愿望不仅是因人而异的，而且同一个人的愿望也会发生变化。真的实现了愿望，得到了想要的东西，是否幸福也很难说，这要看它们是否确实带来了内心的满足和愉悦。费尽力气争取某种东西，争到手了却发现远不如想象的好，是常事。幸福与主观的愿望和心情如此紧相纠缠，当然就很难给它定一个客观的标准了。

我们由此可以确定一点：幸福不是一种纯粹客观的状态。我们不能仅仅根据一个人的外在境遇来断定他是否幸福。他有很多钱，有别墅、汽车和漂亮的妻子，也许令别人羡慕，可是，如果他自己不感到幸福，你就不能硬说他幸福。既然他不感到幸福，事实上他也就的确不幸福。外在的财富和境遇仅是条件，如果不转化为内在的体验和心情，便不成其为幸福。

如此看来，幸福似乎主要是一种内心快乐的状态。不过，它不是一般的快乐，而是非常强烈和深刻的快乐，以至于我们此时此刻会由衷地觉得活着是多么有意思，人生是多么美好。正是这样，幸福的体验最直接地包含着我们对生命意义的肯定评价。感到幸福，也就是感到自己的生命意义得到了实现。不管拥有这种体验的时间多么短暂，这种体验都是指向一生的，所包含的是对生命意义的总体评价。当人感受到幸福时，心中仿佛响着一个声音：“为了这个时刻，我这一生值了！”若没有这种感觉，说“幸福”就是滥用了大字眼。人身上必有一种整体的东西，是它在寻求、面对、体悟、评价整体的生命意义，我们只能把这种东西叫作灵魂。所以，幸福不是零碎和表面的情绪，而是灵魂的愉悦。正因为此，人一旦有过这种时刻和体验，便终生难忘了。

我们可以把人的生活分为三个部分：肉体生活，不外乎饮食男女；社会生活，包括在社会上做事以及与他人的交往；灵魂生活，即心灵对生命意义的沉思和体验。必须承认，前两个部分对于幸福并不是无关紧要的。如果不能维持正常的肉体生活，饥寒交迫，幸福未免是奢谈。在社会生活的领域内，做事成功带来的成就感，爱情和友谊的经历，更能使人发现人生的意义，从而转化为幸福的体验。不过，亚里士多德认为，对幸福来说，灵魂生活具有头等重要性，因为其余的生活都要依赖外部条件，而它是自足的。同时，它又是人身上最接近神的部分，从沉思中获得的快乐几乎相当于神的快乐。这思想从一个哲学家口中说出，我们很可能会怀疑是否带有职业偏见。但我们至少应该承认，既然一切美好的经历必须转化为内心的体验才称为幸福，那么，内心体验的敏感和丰富与否的确就是重要的，它决定了一个人感受幸福的能力高低。

对内心世界不同的人来说，相同的经历具有完全不同的意义，因而事实上他们也就并不拥有相同的经历了。另一方面，一个习惯于沉思的智者，由于他透彻地思考了人生的意义和限度，便与自己的身外遭遇保持了一段距离，他的心境也就比较不易受尘世祸福沉浮扰乱。而他从沉思和智慧中获得的快乐，也的确是任何外在的变故不能剥夺的。天有不测风云，你不能说一种宽阔的哲人胸怀对于幸福是不重要的。

智慧与幸福

苏格拉底提出过一个等式：智慧 = 美德 = 幸福。他的意思是，一个人倘若想明白了人生的道理，做人就一定会做得好，而这也就是幸福。反过来说，我们的确看到，许多人之所以生活得不幸福，正是因为没有想明白人生的道理，在做人上出了问题。在此意义上，智慧是引领我们寻求幸福的明灯。

幸福是相对的，现实中的幸福是包容人生各种正负经历的丰富体验。人生中必然遭遇挫折和痛苦，把它们视为纯粹的坏事予以拒斥，是一种愚痴，只会使自己离幸福越来越远。

人生最值得追求的东西，一是优秀，二是幸福，二者都离不开智慧。所谓智慧，就是想明白人生的根本道理。唯有这样，才会懂得如何做人，从而成为人性意义上的真正优秀的人。唯有这样，才能分辨人生中各种价值的主次，知道自己到底要什么，从而真正获得和感受到幸福。

智慧不是一种才能，而是一种人生觉悟，一种开阔的胸怀和眼光。一个人在社会上也许成功，也许失败，如果他是智慧的，他就不会把这些看得太重要，而能够站在人世间一切成败之上，以这种方式成为自己命运的主人。

健康的心理来自智慧的头脑。现代人易患心理疾病，病根多半在于想不明白人生的根本道理，于是就看不开生活中的小事。倘若想明白了，哪有看不开之理?

智慧使人对苦难更清醒，也更敏感。一个智者往往对常人所不知的苦难也睁着眼睛，又比常人更深地体悟到日常苦难背后深邃的悲剧含义。在这个意义上，智慧使人痛苦。

然而，由于智者有着比常人开阔得多的视野，进入他视界的苦难固然因此增多了，每一个单独的苦难所占据的相对位置因此也缩小了。常人容易被当下的苦难一叶障目，智者却能够恰当地估计它与整个人生的关系。即使他是一个悲观主义者，由苦难的表象洞察人生悲剧的底蕴，这种洞察也使他相对看轻了表象的重要性。

由此可见，智慧与痛苦的关系是辩证的，它在使人感知痛苦的同时也使人超脱痛苦。

所谓智慧的人生，就是要在执着和超脱之间求得一个平衡。有超脱的一面，看到人生的界限，和人生有距离，反而更能看清楚人生中什么东西真正有价值。

人生中的大问题都是没有答案的。但是，一个人唯有思考这些大问题，才能真正拥有自己的生活信念和生活准则，从而对生活中的小问题做出正确的判断。

航海者根据天上的星座来辨别和确定航向。他永远不会知道那些星座的成分和构造，可是，如果他不知道它们的存在，就会迷失方向，不能完成具体的航行任务。

智慧的人就好像站在神的位置上来看人类，包括他自己，看到了人类的局限性。他一方面也是一个具有这种局限性的普通人，另一方面又能够居高临下地俯视这局限性，也就在一定意义上超越了它。

人要能够看到限制，前提是要和这限制拉开一段距离。坐井观天，就永远不会知道天之大和井之小。人的根本限制就在于不得不有一个肉身凡胎，它被欲望所支配，受有限的智力所指引和蒙蔽，为生存而受苦。可是，如果我们总是坐在肉身凡胎这口井里，我们就不可能看明白它是一个根本限制。所以，智慧就好像某种分身术，要把一个精神性的自我从这个肉身的自我中分离出来，让它站在高处和远处，以便看清楚这个在尘世中挣扎的自己所处的位置和可能的出路。

从一定意义上说，哲学家是一种分身有术的人，他的精神性自我已经能够十分自由地离开肉身，静观和俯视尘世的一切。

一个人有能力做神，却生而为人，他就成了哲人。

苏格拉底说："我知道我一无所知。"他心中有神的全知，所以知道人归根到底是无知的，别的人却把人的一知半解当成了全知。

心中有完美，同时又把不完美作为人的命运承受下来，这就是哲人。

人生在世，既能站得正，又能跳得出，这是一种很高的境界。

在一定意义上，跳得出是站得正的前提，唯有看轻沉浮荣枯，才能不计利害得失，堂堂正正做人。

如果说站得正是做人的道德，那么，跳得出就是人生的智慧。人为什么会堕落？往往是因为陷在尘世一个狭窄的角落里，心不明，眼不亮，不能抵挡近在眼前的诱惑。佛教说“无明”是罪恶的根源，基督教说堕落的人生活在黑暗中，说的都是这个道理。相反，一个人倘若经常跳出来看一看人生的全景，真正看清事物的大小和价值的主次，就不太会被那些渺小的事物和次要的价值绊倒了。

创造的幸福

生活质量的要素：一、创造；二、享受；三、体验。

其中，创造在生活中所占据的比重，是衡量一个人的生活质量的主要标准。

一个人创造力的高低，取决于两个因素，一是有无健康的生命本能，二是有无崇高的精神追求。这两个因素又是密切关联、互相依存的，生命本能若无精神的目标是盲目的，精神追求若无生命本能的发动是空洞的。它们的关系犹如土壤和阳光，一株植物唯有既扎根于肥沃的土壤，又沐浴着充足的阳光，才能茁壮地生长。

创造力无非是在强烈的兴趣推动下的持久的努力。其中最重要的因素，第一是兴趣，第二是良好的工作习惯。通俗地说，就是第一要有自己真正喜欢做的事，第二能够全神贯注又持之以恒地把它做好。在这个过程中，人的各种智力品质，包括好奇心、思维能力、想象力、直觉、灵感等，都会被调动起来，为创造做出贡献。

人要做成一点事情，第一靠热情，第二靠毅力。各领域一切有大作为的人身上都具有这两种品质。

首先要有热情，对所做的事情真正喜欢，以之为乐，全力以赴。但是，单有热情还不够，因为即使是喜欢做的事情，只要它足够大，其中必包含艰苦、困难乃至枯燥，没有毅力也是坚持不下去的。何况在人生中，人还要经常面对自己不喜欢但必须做的事情，这时候就完全要靠毅力了。

一切从工作中感受到生命意义的人，勋章不能报偿他，亏待也不会使他失落，内在的富有找不到，也不需要世俗的对应物。像托尔斯泰、卡夫卡、爱因斯坦这样的人，没有得诺贝尔奖于他们何损，得了又能增加什么？只有那些内心没有欢乐源泉的人，才会斤斤计较外在的得失，孜孜追求教授的职称、部长的头衔和各种可笑的奖状。他们这样做可以理解，因为倘若没有这些，他们便一无所有。

圣埃克苏佩里把创造定义为“用生命去交换比生命更长久的东西”，我认为非常准确。创造者与非创造者的区别就在于，后者只是用生命去交换维持生命的东西，仅仅生产自己直接或间接用得上的财富；相反，前者工作是为了创造自己用不上的财富，生命的意义恰恰是寄托在这用不上的财富上。

繁忙中清静的片刻是一种享受，而闲散中紧张创作的片刻则简直是一种幸福了。

天才是伟大的工作者。凡天才必定都是热爱工作、养成了工作习惯的人。当然,这工作是他自己选定的,是由他的精神欲望发动的,所以他乐在其中，欲罢不能。那些无此体验的人从外面看他，觉得无法理解，便勉强给了一个解释，叫作勤奋。

俗人有卑微的幸福，天才有高贵的痛苦，上帝的分配很公平。对此愤愤不平的人，尽管自命天才，却比俗人还不如。

幸福的悖论

一

把幸福作为研究课题是一件冒险的事。“幸福”一词的意义过于含混，几乎所有人都把自己向往而不可得的境界称作“幸福”，但不同的人所向往的境界又是多么不同。哲学家们提出过种种幸福论，可以确定的是，没有一种能够为多数人所接受。至于形形色色所谓幸福的“秘诀”，如果不是江湖骗术，至多就是一些老生常谈罢了。

幸福是一种太不确定的东西。一般人把愿望的实现视为幸福，可是，一旦愿望实现了，就真的感到幸福吗？萨特一生可谓功成愿遂，常人最企望的两件事——爱情的美满和事业的成功，他几乎都毫无瑕疵地得到了，但他在垂暮之年说：“生活给了我想要的东西，同时它又让我认识到这没多大意思。不过你又有什么办法呢？”

所以，我对一切关于幸福的抽象议论都不屑一顾，而对一切许诺幸福的翔实方案则简直要嗤之以鼻了。

最近读莫洛亚的《人生五大问题》，最后一题也是“论幸福”。在前四题中，他对与人生幸福密切相关的问题，包括爱情、婚姻、家庭、友谊、社会生活，做了生动透彻的论述，令人读而不倦。幸福问题的讨论历来包括两方面，一是社会方面，关系到幸福的客观条件；二是心理方面，关系到幸福的主观体验。作为一位优秀的传记和小说作家，莫洛亚的精彩之处是在后一方面。就社会方面而言，他的见解大体是肯定传统的，但由于他体察人类心理，所以并不失之武断，给人留下了思索和选择的余地。

二

自古以来，无论在文学作品中，还是在现实生活中，爱情和婚姻始终被视为个人幸福之命脉所系。多少幸福或不幸的喟叹，都缘此而起。按照孔德的说法，女人是感情动物，爱情和婚姻对于女人的重要性自不待言。即使是行动动物的男人，在事业上获得了辉煌的成功，倘若在爱情和婚姻上失败了，他仍然会觉得自己非常不幸。

可是，就在这个人们最期望得到幸福的领域里，很少有人敢于宣称自己是真正幸福的。诚然，热恋中的情人个个都觉得自己是幸福女神的宠儿，但并非人人都能得到热恋的机遇，有许多人一辈子也没有品尝过个中滋味。况且热恋未必促成美满的婚姻，婚后的失望、争吵、厌倦、平淡、麻木几乎是常规，终身如恋人一样缱绻的夫妻毕竟只是幸运的例外。

从理论上说，每一个人在异性世界中都可能有一个最佳对象，一个所谓的“唯一者”“独一无二者”，或如吉卜林的诗所云，“一千人中之一人”。但是，人生短促，人海茫茫，这样两个人相遇的概率差不多等于零。如果把幸福寄托在这种相遇上，幸福几乎是不可能的。不过，事实上，爱情并不如此苛求，冥冥中也并不存在非此不可的命定姻缘。正如莫洛亚所说：“如果因了种种偶然（按：应为必然）之故，一个求爱者所认为独一无二的对象从未出现，那么，差不多近似的爱情也会在另一个对象身上感受到。”期待中的“唯一者”，会化身为千百种形象向一个渴望爱情的人走来。也许爱情永远是个谜，任何人都无法说清自己所期待的“唯一者”究竟是什么样子的。只有坠入情网，陶醉于爱情的极乐，一个人才会惊喜地向自己的情人喊道：“你就是我一直期待着的那个人，就是那个唯一者。”

究竟是不是呢？

也许是。这并非说，他们之间有一种宿命，注定不可能爱上其他任何人。不，如果他们不相遇，他们仍然可能在另一个人身上发现自己的“唯一者”。然而，强烈的感情经验已经改变了他们的心理结构，从而改变了他们与其他可能的对象之间的关系。犹如经过一次化合反应，他们都已经不是原来的元素，因而不可能再与别的元素发生相似的反应了。在这个意义上，一个人一生只能有一次震撼心灵的爱情，而且只有少数人得此幸遇。

也许不是。因为“唯一者”本是痴情的造影，一旦痴情消退，就不再成其“唯一者”了。莫洛亚引哲学家桑塔耶那的话说：“爱情十分之九是由爱人自己造成的，十分之一才靠那被爱的对象。”凡是经历过热恋的人都熟悉爱情的理想化力量，幻想本是爱情不可或缺的因素。太理智、太现实的爱情算不上爱情。最热烈的爱情总是在两个最富于幻想的人之间发生，不过，同样真实的是，他们也最容易感到幻灭。如果说普通人是因为运气不佳而不能找到意中人，那么，艺术家则是因为期望过高而对爱情失望。爱情中的理想主义往往导致拜伦式的感伤主义，进而导致纵欲主义。唐璜有过一千零三个情人，但他仍然没有找到他的“唯一者”，他注定找不到。

无幻想的爱情太平庸，基于幻想的爱情太脆弱，幸福的爱情究竟可能吗？我知道有一种真实，它能不断地激起幻想；有一种幻想，它能不断地化为真实。我相信，幸福的爱情是一种能不断地激起幻想又不断地被自身所激起的幻想改造的真实。

三

爱情是无形的，只存在于恋爱者的心中，即使人们对于爱情的感受千差万别，在爱情问题上也很难做认真的争论。婚姻就不同了，因为它是有形的社会制度，立废取舍，人是有主动权的。随着文明的进展，关于婚姻利弊的争论愈演愈烈。有一派人认为婚姻违背人性，束缚自由，败坏或扼杀爱情，本质上是不可能幸福的。莫洛亚引婚姻反对者的话说："一对夫妇总依着两人中较为庸碌的一人的水准而生活。"此言可谓刻薄。但莫洛亚本人持赞成婚姻的立场，认为婚姻是使爱情的结合保持相对稳定的唯一方式。只是他把艺术家算作了例外。

在拥护婚姻的一派人中，对于婚姻与爱情的关系又有不同看法。两个截然不同的哲学家——尼采和罗素，都要求把爱情与婚姻区分开来，反对以爱情为基础的婚姻，而主张婚姻以优生和培育后代为基础，同时保持婚外爱情的自由。法国哲学家阿兰认为，婚姻的基础应是逐渐取代爱情的友谊。莫洛亚修正说："在真正幸福的婚姻中，友谊必得与爱情融合在一起。"也许这是一个比较令人满意的答案。爱情基于幻想和冲动，因为爱情的婚姻结局往往不幸。但是，无爱情的婚姻更加不幸。仅以友谊为基础的夫妇关系诚然彬彬有礼，但未免失之冷静。保持爱情的陶醉和热烈，辅以友谊的宽容和尊重，从而除去爱情难免会有的嫉妒和挑剔，正是加固婚姻的爱情基础的方法。不过，实行起来并不容易，其中诚如莫洛亚所说必须有诚意，但单凭诚意又不够。爱情仅是感情的事，婚姻的幸福却是感情、理智、意志三方通力合作的结果，因而更难达到。"幸福的家庭都是相似的，不幸的家庭各有各的不幸。"此话也可理解为：千百种因素都可能导致婚姻的不幸，但没有一种因素可以单独造就幸福的婚姻。结婚不啻是把爱情放到琐碎平凡的日常生活中去经受考验，莫洛亚说得好，准备这样做的人不可抱着买奖券侥幸中头彩的念头，而必须像艺术家创作一部作品那样，具有一定要把这部艰难的作品创作成功的决心。

四

两性的天性差异可以导致冲突，从而使共同生活变得困难，也可以达成和谐，从而造福人生。

尼采曾说："同样的激情在两性身上有不同的节奏，所以男人和女人不断地发生误会。"可见，两性之间的和谐并非现成的，它需要一个彼此接受、理解、适应的过程。一般而论，男性重行动，女性重感情，男性长于抽象观念，女性长于感性直觉，男性用刚强有力的线条勾画出人生的轮廓，女性为之抹上美丽柔和的色彩。

欧洲妇女解放运动初起时，一班女权主义者热情地鼓动妇女走上社会，从事与男子相同的职业。爱伦·凯女士指出，这是把两性平权误认作两性功能相等了。她主张女子在争得平等权利之后，回到丈夫和家庭那里去，以自由人的身份从事其最重要的工作——爱和培育后代。现代的女权主义者已经越来越重视发展女子天赋的能力，而不再天真地孜孜于抹平性别差异了。

女性在现代社会中的特殊作用尚有待于发掘。马尔库塞认为，由于女性与资本主义异化劳动世界相分离，因此她们能更多地保持自己的感性，比男子更人性化。的确，女性比男性更接近自然，更扎根于大地，有更单纯的、未受污染的本能和感性。所以，莫洛亚说：“一个纯粹的男子，最需要一个纯粹的女子去补充他……因为她，他才能和种族这一深切的观念保持恒久的接触。”他又说：“我相信若是一个社会缺少女人的影响，定会堕入抽象，堕入组织的疯狂，随后是需要专制的现象……没有两性的合作，绝没有真正的文明。”在人性片面发展的时代，女性是一种人性复归的力量。德拉克洛瓦的名画《自由引导人民》，画中的自由神是一位袒着胸脯、未着军装、面容安详的女子。歌德诗曰：“永恒之女性，引导我们走。”走向何方？走向一个更实在的人生，一个更有人情味的社会。

莫洛亚可以说是女性的一位知音。人们常说，女性爱慕男性的“力”，男性爱慕女性的“美”。莫洛亚独能深入一步，看出：

“真正的女性爱慕男性的‘力’，因为她们稔知强有力的男子的弱点。”“女人之爱强的男子只是表面的，且她们所爱的往往是强的男子的弱点。”我只想补充一句：强的男子可能对千百个只知其强的崇拜者无动于衷，却会在一个知其弱点的女人面前倾倒。

五

男女之间是否可能有真正的友谊？这是在实际生活中常常遇到、常常引起争论的一个难题。即使在最封闭的社会里，一个人恋爱了，或者结了婚，仍然不免与别的异性接触或可能产生好感。这里不说泛爱者和爱情转移者，一般而论，一种排除情欲的澄明的友谊是否可能呢？

莫洛亚对这个问题的讨论是饶有趣味的。他列举了异性之间三种友谊的情形：一方单恋而另一方容忍，一方或双方是过了恋爱年龄的老人，旧日的恋人转变为友人。分析下来，其中每一种都不可能完全排除性吸引的因素。道德家们往往攻击这种“杂有爱的成分的友谊”，莫洛亚的回答是：即使有性的因素起作用，又有什么要紧呢！“既然身为男子与女子，若在生活中忘记了肉体的作用，始终是件疯狂的行为。”

异性之间的友谊即使不能排除性的吸引，仍然可以是一种真正的友谊。蒙田曾经设想，男女之间最美满的结合方式不是婚姻，而是一种肉体得以分享的精神友谊。拜伦在谈到异性友谊时也赞美说：“毫无疑义，性的神秘力量在其中也如同在血缘关系中占据着一种天真无邪的优越地位，把这谐音调弄到一种更微妙的境界。如果能摆脱一切友谊所防止的那种热情，又充分明白自己的真实情感，世间就没有什么能比得上做女人的朋友了，如果你过去不曾做过情人，将来也不愿做了。”在天才的生涯中起重要作用的女性未必是妻子或情人，有不少是天才的精神挚友，只要想一想贝蒂娜与歌德、贝多芬，梅森葆夫人与瓦格纳、尼采、赫尔岑、罗曼·罗兰，莎乐美与尼采、里尔克、弗洛伊德，梅克夫人与柴可夫斯基就足够了。当然，性的神秘力量在其中起的作用是不言而喻的。区别只在于，这种力量因客观情境或主观努力而被限制在一个有益无害的位置，既可为异性友谊罩上一种同性友谊所没有的温馨情趣，又不至于像爱情那样激起一种疯狂的占有欲。

六

在经过种种有趣的讨论之后，莫洛亚得出了一个似乎很平凡的结论：幸福在于爱，在于自我的遗忘。

当然，事情并不这么简单。康德曾经提出理性面临的四大二律背反，我们可以说人生也面临种种二律背反，爱与孤独便是其中之一。莫洛亚引用了拉伯雷《巨人传》中的一则故事。巴汝奇去向庞大固埃征询关于结婚的意见，他在要不要结婚的问题上陷入了两难的困境：结婚吧，失去自由；不结婚吧，又会孤独。其实这种困境不只在结婚问题上存在。个体与类的分裂早就埋下了冲突的种子，个体既要通过爱与类认同，但又不愿完全融入类之中而丧失自身。绝对的自我遗忘和自我封闭都不是幸福，并且也是不可能的。在爱之中有许多烦恼，在孤独之中又有许多悲凉。另一方面呢，爱诚然使人陶醉，孤独也未必不使人陶醉。当最热烈的爱受到创伤而返诸自身时，人在孤独中学会了爱自己，也学会了理解别的孤独的心灵和深藏在那些心灵中的深邃的爱，从而体味到一种超越的幸福。

幸福是相对的

幸福的和不幸的人啊，仔细想想，这世界上有谁是真正幸福的，又有谁是绝对不幸的？！

幸福是有限的，因为上帝的赐予本来就有限。痛苦是有限的，因为人自己承受痛苦的能力有限。

幸福属于天国，快乐才属于人间。

幸福是一个抽象概念，从来不是一个事实。相反，痛苦和不幸常常具有事实的坚硬性。

幸福是一种一开始人人都自以为能够得到、最后没有一个人敢说已经拥有的东西。

幸福和上帝差不多，只存在于相信它的人心中。

幸福喜欢捉迷藏。我们年轻时，它躲藏在未来，引诱我们前去寻找它。曾几何时，我们发现自己已经把它错过，于是回过头来，又在记忆中寻找它。

幸福的反面是灾祸，而非痛苦。痛苦中可以交织着幸福，但灾祸绝无幸福可言。另一方面，痛苦的解除未必就是幸福，也可能是无聊。可是，当我们从一个灾祸中脱身而出的时候，我们差不多是幸福的了。

幸福是一种淡然，不愿淡然者不可能幸福。我们只能接受生存的荒谬，我们的自由仅在于以何种方式接受。我们不哀哭，我们自得其乐地怠慢它，居高临下地嘲笑它，我们的接受已经包含着反抗了。

聪明人嘲笑幸福是一个梦，傻瓜到梦中去找幸福，两者都不承认现实中有幸福。看来，一个人要获得实在的幸福，就必须既不太聪明，也不太傻。人们把这种介于聪明和傻之间的状态叫作生活的智慧。

我要躲开两种人：浅薄的哲学家和深刻的女人。前者大谈幸福，后者大谈痛苦，都叫我受不了。

一切灾祸都有一个微小的起因，一切幸福都有一个平庸的结尾。

自己未曾找到伟大的幸福的人，无权要求别人拒绝平凡的幸福。自己已经找到伟大的幸福的人，无意要求别人拒绝平凡的幸福。

我爱人世的不幸胜过爱天堂的幸福。我爱我的不幸胜过爱他人的幸福。

幸福的西西弗斯

西西弗斯被罚推巨石上山，每次快到山顶，巨石就滚回山脚，他不得不重新开始这徒劳的苦役。听说，他悲观沮丧到了极点。

可是，有一天，我遇见正在下山的西西弗斯，发现他吹着口哨，迈着轻盈的步伐，一脸无忧无虑的神情。我生平最怕见到大不幸的人，譬如说身患绝症的人，或刚死了亲人的人，因为对他们的不幸，我既不能有所表示，怕犯忌，又不能无所表示，怕显得我没心没肺。所以，看见西西弗斯迎面走来，尽管不是传说的那副凄苦模样，深知他的不幸身世的我仍感到局促不安。

没想到，西西弗斯先开口了，他举起手，对我喊道：

“喂，你瞧，我逮了一只多漂亮的蝴蝶！”

望着他渐渐远去的背影，我不禁思忖：总有些事情是宙斯的神威鞭长莫及的，那是一些太细小的事情，在那里便有了西西弗斯（和人类）的幸福。

做自己喜欢做的事

第四章

一个人不论伟大还是平凡，
只要他顺应自己的天性，找到了自己真正喜欢做的事，
并且一心把自己喜欢做的事做得尽善尽美，
他在这世界上就有了牢不可破的家园。

做自己喜欢做的事

世界无限广阔，诱惑永无止境，然而，属于每一个人的现实可能性终究是有限的。你不妨对一切可能性保持着开放的心态，因为那是人生魅力的源泉，同时你也要早些在世界之海上抛下自己的锚，找到最适合自己的领域。一个人不论伟大还是平凡，只要他顺应自己的天性，找到了自己真正喜欢做的事，并且一心把自己喜欢做的事做得尽善尽美，他在这世界上就有了牢不可破的家园。于是，他不但会有足够的勇气去承受外界的压力，而且会有足够的清醒来面对形形色色的机会的诱惑。

每个人生活中最重要的部分是自己所热爱的那项工作，他借此而进入世界，在世上立足。有了这项他能够全身心投入的工作，他的生活就有了一个核心，他的全部生活围绕这个核心组织成了一个整体。没有这个核心的人，他的生活是碎片，譬如说，会分裂成两个都令人不快的部分，一部分是折磨人的劳作，另一部分是无所用心的休闲。

看一件事情是不是你的事业，有两个标准。一个是真兴趣，你对它真正喜欢，做事情的过程本身就是最大的愉快，因而不再在乎外在的报酬和结果。这说明这件事情是真正适合你的天赋的，你的最好的能力在其中得到了运用和发展。另一个是意义感，通过做这件事情，你感到你的生命意义、人生价值得到了实现。

现在很多人的问题就在这里，他们没有这样的一件事情，于是只好把外在的东西作为标准，什么事情挣钱多、显得风光，社会上大家在争什么，他就朝那里挤。在没头脑的激烈竞争中，输了当然不痛快，但什么叫赢了？总是比上不足，所以心态总是不平衡。

我对成功的理解是：把自己喜欢做的事做得尽善尽美，让自己满意，不要去管别人怎么说。

真实的、不可遏制的兴趣是天赋的可靠标志。

最好的职业是有业无职，就是有事业，而无职务、职位、职称、职责之束缚，能够自由地支配自己的时间，做自己喜欢做的事。例如艺术家、作家、学者，当然，前提是他们真正热爱艺术、文学和学术。职位、职务、职称俱全而唯独无事业的所谓学者、作家、艺术家，现在有的是。

人的身体是受心灵支配的，心态好是最好的养生。怎么做到心态好？我的体会是，一定要有自己喜欢做的事，快乐的工作是养生的良药。

我们活在世上，必须知道自己究竟想要什么。一个人认清了在这世界上要做的事情，并且在认真地做着这些事情，他就会获得一种内在的平静和充实。

在商场里，有的人总是朝人多的地方挤，去抢购大家都在买的东西，结果买了许多自己不需要的东西，还为没有买到另外许多自己不需要的东西而痛苦。那些不知道自己究竟想要什么的人，就生活在同样可悲的境况中。

第一重要的是做人

人活在世上，除吃睡之外，不外乎做事情和与人交往，它们构成了生活的主要内容。做事情，包括为谋生需要而做的，即所谓职业，也包括出于兴趣、爱好、志向、野心、使命感等而做的，即所谓事业。与人交往，包括同事、邻里、朋友关系以及一般所谓的公共关系，也包括由性和血缘所联结的爱情、婚姻、家庭等关系。这两者都是人的看得见的行为，并且都有一个是否成功的问题，而其成功与否也都是看得见的。如果你在这两方面都顺利，譬如说，一方面事业兴旺，功成名就，另一方面婚姻美满，朋友众多，就可以说你在社会上是成功的，甚至可以说你的生活是幸福的。在别人眼里，你便是一个令人羡慕的幸运儿。如果相反，你在自己和别人心目中就都会是一个倒霉蛋。这么说来，做事和交人的成功似乎应该是衡量生活质量的主要标准了。

然而，在看得见的行为之外，还有一种看不见的东西，依我之见，是比做事和交人更重要的，是人生第一重要的东西，这就是做人。当然，实际上做人并不是做事和交人之外一个独立的行为，而是蕴含在两者之中的，是透过做事和交人体现出来的一种总体的生活态度。

就做人与做事的关系来说，做人主要并不表现于做的什么事和做了多少事，例如，是做学问还是做生意，学问或者生意做得多大，而是表现在做事的方式和态度上。一个人无论做学问还是做生意，无论做得大还是做得小，做人都可能做得很好，也都可能做得很坏，关键就看他是怎么做事的。学界有些人很鄙薄别人下海经商，因为自己仍在做学问就摆出一副大义凛然的气势。其实呢，无论商人中还是学者中都有君子，也都有小人，实在不可一概而论。有些所谓的学者，在学术上没有自己真正的追求和建树，一味赶时髦，抢风头，唯利是图，骨子里比一般商人更市侩。

从一个人如何与人交往，尤能看出他的做人。这倒不在于人缘好不好，朋友多不多，各种人际关系是否和睦。人缘好可能是因为性格随和，也可能是因为做人圆滑，本身不能说明问题。在与人交往上，孔子最强调一个“信”字，我认为是对的。待人是否诚实无欺，最能反映一个人的人品是否光明磊落。一个人哪怕朋友遍天下，只要他对其中一个朋友有背信弃义的行径，我们就有充分理由怀疑他是否真爱朋友，因为一旦他认为必要，同样会背叛其他朋友。“与朋友交而不信”，只能得逞一时之私欲，却是做人的大失败。

做事和交人是否顺利，包括地位、财产、名声方面的遭际，也包括爱情、婚姻、家庭方面的遭际，往往受制于外在的因素，非自己所能支配，所以不应该成为人生的主要目标。一个人当然不应该把非自己所能支配的东西当作人生的主要目标。一个人真正能支配的唯有对这一切外在遭际的态度，简言之，就是如何做人。人生在世最重要的事情不是幸福或不幸，而是不论幸福还是不幸都保持做人的正直和尊严。我确实认为，做人比事业和爱情更重要。不管你在名利场和情场上多么春风得意，如果你做人失败了，你的人生在总体上就失败了。最重要的不是在世人心目中占据什么位置，和谁一起过日子，而是你自己究竟是一个什么样的人。

人品和智慧

我相信苏格拉底的一句话："美德即智慧。"一个人如果经常想一想世界和人生的大问题，对于俗世的利益就一定会比较超脱，不太可能去做那些伤天害理的事情。说到底，道德败坏是一种蒙昧。当然，这与文化水平不是一回事，有些识字多的人也很蒙昧。

假、恶、丑从何而来？人为何会虚伪、凶恶、丑陋？我只找到一个答案：因为贪欲。人为何会有贪欲？佛教对此有一个很正确的解答：因为"无明"。通俗地说，就是没有智慧，对人生缺乏透彻的认识。所以，真正决定道德素养的是人生智慧，而非意识形态。把道德沦丧的原因归结为意识形态的失控，试图通过强化意识形态来整饬世风人心，这种做法至少是肤浅的。

意识形态和人生智慧是两回事，前者属于头脑，后者属于心灵。人与人之间能否默契，并不取决于意识形态的认同，而是取决于人生智慧的相通。

一个人的道德素质更多地取决于人生智慧而非意识形态。所以，在不同的意识形态集团中，有君子也有小人。

社会愈文明，意识形态愈淡化，人生智慧的作用就愈突出，人与人之间的关系也就愈真实、自然。

在一个人人逐利的社会中，人际关系必然复杂。如果大家都能想明白人生的道理，更多地关注自己生命和灵魂的需要，约束物质的贪欲，人际关系一定会单纯得多，这个世界也会美好得多。

由此可见，一个人有正确的人生观，本身就是对社会的改善做了贡献。你也许做不了更多，但这是你至少可以做的。你也许能做得更多，但这是你至少必须做的。

知识是工具，无所谓善恶。知识可以为善，也可以为恶。美德与知识的关系不大。美德的真正源泉是智慧，即一种开阔的人生觉悟。德行如果不是从智慧流出，而是单凭修养造就，便至少是盲目的，很可能还是功利的和伪善的。

在评价人时，才能与人品是最常用的两个标准。两者当然是可以分开的，但是在最深的层次上，它们是否相通？譬如说，可不可以说，大才也是德，大德也是才，天才和圣徒是同一种神性的显现？又譬如说，无才之德是否必定伪善，因而亦即无德，无德之才是否必定浅薄，因而亦即非才？当然，这种说法已经蕴含了对才与德的重新解释，我倾向于把两者看作智慧的不同表现形式。

人品和才分不可截然分开。人品不仅有好坏优劣之分，而且有高低宽窄之分，后者与才分有关。才分大致规定了一个人为善为恶的风格和容量。有德无才者，其善多为小善，谓之平庸。无德无才者，其恶多为小恶，谓之猥琐。有才有德者，其善多为大善，谓之高尚。有才无德者，其恶多为大恶，谓之邪恶。

人品不但有好坏之别，也有宽窄深浅之别。好坏是质，宽窄深浅未必只是量。古人称卑劣者为“小人”“斗筲之徒”是很有道理的，多少恶行都是出于浅薄的天性和狭小的器量。

大智者必谦和，大善者必宽容。唯有小智者才咄咄逼人，小善者才斤斤计较。

我听到一场辩论：挑选一个人才，人品和才智哪个更重要？双方各执一端，而有一个论据是相同的。一方说，人品重要，因为才智是可以培养的，人品却难改变。另一方说，才智重要，因为人品是可以培养的，才智却难改变。

其实，人品和才智都是可以改变的，但要有大的改变都很难。

人是会由蠢而坏的。傻瓜被惹怒，跳得比聪明人更高。有智力缺陷者常常是一种犯罪人格。

人生与道德、做人与处世、精神追求与社会关切之间有着内在的联系。如果要在两者之间寻找一个结合点，伦理学无疑最具备此种资格。伦理学的内容应该拓宽，把人生哲学的基本原理也包括进去，不能只局限于道德学说。

做人和做事

做事有两种境界。一是功利的境界，事情及相关的利益是唯一的目的，于是做事时必定会充满焦虑和算计。另一是道德的境界，无论做什么事，都把精神上的收获看得更重要，做事只是灵魂修炼和完善的手段，真正的目的是做人。正因为如此，做事时反而有了一种从容的心态和博大的气象。

从长远看，做事的结果终将随风飘散，做人的收获却能历久弥新。如果有上帝，他看到的只是你如何做人，不会问你做成了什么事，在他眼中，你在人世间做成的任何事都太渺小了。

做事即做人。人生在世，无论做什么事，都注重做事的精神意义，通过做事来提升自己的精神世界，始终走在自己的精神旅程上，只要这样，无论做什么事都是有意义的，而所做之事的成败则变得不很重要了。

我们活在世上，不免要承担各种责任，小至对家庭、亲戚、朋友，对自己的职务，大至对国家和社会，这些责任多半是应该承担的。不过，我们不要忘记，除此之外，我们还有一项根本的责任，便是对自己的人生负责。

每个人在世上都只有活一次的机会，没有任何人能够代替他重新活一次。如果这唯一的一次人生虚度了，也没有任何人能够真正安慰他。认识到这一点，我们对自己的人生怎么能不产生强烈的责任心呢？在某种意义上，人世间其他的各种责任都是可以分担或转让的，唯有对自己的人生的责任，每个人都只能完全由自己来承担，一丝一毫也依靠不了别人。

对自己人生的责任心是其余一切责任心的根源。一个人唯有对自己的人生负责，建立了真正属于自己的人生目标和生活信念，才可能由之出发，自觉地选择和承担起对他人和社会的责任。我不能想象，一个在人生中随波逐流的人会坚定地负起生活中的责任。实际情况往往是，这样的人不是把尽责看作从外面加给他的负担而勉强承受，便是看作纯粹的付出而索求回报。

我相信，如果一个人能对自己的人生负责，那么，在包括婚姻和家庭在内的一切社会关系上，他对自己的行为都会有一种负责的态度。如果一个社会是由这样对自己的人生负责的成员组成的，这个社会就必定是高质量的有效率的社会。

人活世上，第一重要的还是做人，懂得自爱自尊，使自己有一颗坦荡又充实的灵魂，足以承受住命运的打击，也配得上命运的赐予。倘能这样，也就算得上做命运的主人了。

做人的尊严

西方人文传统中有一个重要观念，便是人的尊严，其经典表达就是康德所说的“人是目的”。按照这个观念，每个人都是一个有尊严的精神性存在，不可被当作手段使用。对今天许多国人来说，这个观念何其陌生，往往只把自己用作了谋利的手段，互相之间也只把对方用作了谋利的手段。

在人类的基本价值中，有一项价值被遗忘已久，它就是高贵。

一个自己有人格尊严的人，必定懂得尊重一切有尊严的人格。

同样，如果你侮辱了一个人，就等于侮辱了一切人，也侮辱了你自己。

高贵者的特点是极其尊重他人，正是在对他人的尊重中，他的自尊得到了最充分的体现。

人要有做人的尊严，要有做人的基本原则，在任何情况下都不可违背，如果违背，就意味着不把自己当人了。今天的一些人就是这样，不知尊严为何物，不把别人当人，任意欺凌和侮辱，根源正在于他没有把自己当人，事实上，你在他身上已经看不出丝毫人的品性。

世上有一种人，毫无尊严感，不讲道理，一旦遇上他们，我就不知道怎么办好了，因为我与人交往的唯一基础是尊严感，与人斗争的唯一武器是讲道理。我不得不相信，在生物谱系图上，我和他们之间隔着无限遥远的距离。

什么是诚信？就是在与人打交道时，仿佛如此说：我要把我的真实想法告诉你，并且一定会对它负责。这就是诚实和守信用。当你这样说时，你是非常自尊的，是把自己当作一个有尊严的人看待的。同时，又仿佛如此说：我要你把你的真实想法告诉我，并相信你一定会对它负责。这就是信任。当你这样说时，你是非常尊重对方的，是把他当作一个有尊严的人看待的。由此可见，诚信是以打交道的双方所共有的人的尊严之意识为基础的。

做人要讲道德，做事要讲效率。讲道德是为了对得起自己的良心，讲效率是为了对得起自己的生命。

骄傲与谦卑未必是反义词。有高贵的骄傲，便是面对他人的权势、财富或任何长处不卑不亢，也有高贵的谦卑，便是不因自己的权势、财富或任何长处傲视他人，它们是相通的。同样，有低贱的骄傲，便是凭借自己的权势、财富或任何长处趾高气扬，也有低贱的谦卑，便是面对他人的权势、财富或任何长处奴颜婢膝，它们也是相通的。真正的对立存在于高贵与低贱之间。

健全的人际关系和社会秩序靠的是尊重，而不是爱。道理很简单：你只能爱少数的人，但你必须尊重所有的人。

也许有人会说：不是还有博爱吗？不错，但是，第一，无论作为宗教，还是作为人道，博爱都更是一种信念，在性质上不同于对具体的人的具体的爱；第二，不能要求社会的所有成员都接受这个信念。

爱你的仇人——太矫情了吧。尊重你的仇人——这是可以做到的。孔子很懂这个道理，他反对以德报怨，主张以直报怨。

灵魂之杯

灵魂是一只杯子。如果你用它来盛天上的净水，你就是一个圣徒。如果你用它来盛大地的佳酿，你就是一个诗人。如果你两者都不肯舍弃，一心要用它们在你的杯子里调制出一种更完美的琼浆玉液，你就是一个哲学家。

每个人都拥有自己的灵魂之杯，它的容量很可能是确定的。在不同的人之间，容量会有差异，有时差异还非常大。容量极大者必定极为稀少，那便是大圣徒、大诗人、大哲学家，上帝创造他们仿佛是为了展示灵魂可能达到的伟大。

不过，我们无须去探究自己的灵魂之杯的容量究竟有多大。在一切情形下，它都不会溢出，因为每个人所分配到的容量恰好是他必须付出毕生努力才能装满的。事实上，大多数杯子只装了很少的水或酒，还有许多杯子直到最后仍是空着的。

自己身上的快乐源泉

古希腊哲学家都主张，快乐主要不是来自外物，而是来自人自身。

苏格拉底说：享受不是从市场上买来的，而是从自己的心灵中获得的。

德谟克利特说：一个人必须习惯于反身自求快乐的源泉。

亚里士多德说：沉思的快乐不依赖于外部条件，是最高境界的快乐。

连号称享乐主义祖师爷的伊壁鸠鲁也说：身体的健康和灵魂的平静是幸福的极致。

人应该在自己身上拥有快乐的源泉，它本来就存在于每个人身上，就看你是否去开掘和充实它。这就是你的心灵。当然，如同伊壁鸠鲁所说，身体的健康也是重要的快乐源泉。但是，第一，如果没有心灵的参与，健康带来的就只是动物性的快乐；第二，人对健康的自主权是有限的，潜伏的病魔防不胜防，所以这是一个不太可靠的快乐源泉。

相比之下，心灵的快乐是自足的。如果你的心灵足够丰富，即使身处最单调的环境，你仍能自得其乐。如果你的心灵足够高贵，即使遭遇最悲惨的灾难，你仍能自强不息。这是一笔任何外力都夺不走的财富，是孟子所说的“人之安宅”，你可以借之安身立命。

由此可见，人们为了得到快乐，热衷于追求金钱、地位、名声等身外之物，无暇为丰富和提升自己的心灵做一些事，是怎样的南辕北辙啊。

第五章

爱还是被爱

好的爱情有韧性，拉得开，但又扯不断。

相爱者互不束缚对方，是他们对爱情有信心的表现。

谁也不限制谁，到头来仍然是谁也离不开谁，这才是真爱。

什么是爱

爱，就是在这一世寻找那个仿佛在前世失散的亲人，就是在人世间寻找那个最亲的亲人。

爱是一份伴随着付出的关切，我们往往最爱我们倾注了最多心血的对象。

爱是耐心，是等待意义在时间中慢慢生成。

爱是没有理由的心疼和不设前提的宽容。

爱不是对象，爱是关系，是你在对象身上付出的时间和心血。你培育的园林没有皇家花园美，但你爱的是你的园林而不是皇家花园；你相濡以沫的女人没有女明星美，但你爱的是你的女人而不是女明星。也许你愿意用你的园林换皇家花园，用你的女人换女明星，但那时候支配你的不是爱，而是欲望。

男女之间，真爱是什么感觉？有人说，必须是如痴如醉、要死要活才可算数。这种激情状态当然很可贵也很美好，但一定是暂时的，不可能持久。真正长久和踏实的感情是这样一种感觉：仿佛两人从天荒地老就在一起了，并且将永远这样在一起。这是一种“当下即永恒”的感觉，只要有这种感觉，就是真爱。

爱一个人的最好方式是：把他当作独立的个人尊重他，把他当作最亲的亲人心疼他。

爱一个人，就是心疼一个人。爱得深了，潜在的父性或母性必然会参加进来。只是迷恋，并不心疼，这样的爱还只停留在感官上，没有深入心窝里，往往不能持久。

爱就是心疼。可以喜欢许多人，但真正心疼的只有一个。

一切真爱都是美的、善的，超越是非和道德的评判。

与其说有理解才有爱，毋宁说有爱才有理解。爱一个人、一本书、一件艺术品，就会反复玩味这个人的一言一行、这本书的一字一句、这件作品的细枝末节，自以为揣摩出了某种深长意味，于是，“理解”了。

我不知道什么叫爱情。我只知道，如果那张脸庞没有使你感觉到一种甜蜜的惆怅、一种依恋的哀愁，那你肯定还没有爱。

你是看不见我最爱你的时候的情形的，因为我在看不见你的时候才最爱你。

真正的爱情也许会让人付出撕心裂肺的代价，但一定也能使人得到刻骨铭心的收获。

爱情的滋味最是一言难尽，它无比甜美，带给人的却常是无奈、惆怅、苦恼和忧伤。不过，这些痛苦的体验又何尝不是爱情的丰厚赠礼，一份首先属于心灵然后属于艺术的宝贵财富，古今中外大诗人的作品就是证明。

爱情的质量取决于相爱者的灵魂的质量。真正高质量的爱情只能发生在两个富有个性的人之间。

对灵魂的相知来说，最重要的是两颗灵魂本身的丰富以及由此产生的互相吸引，而绝非彼此的熟稔乃至明察秋毫。

爱情既是在异性世界中的探险，带来发现的惊喜，也是在某一异性身边的定居，带来家园的安宁。但探险不是猎奇，定居也不是占有。毋宁说，好的爱情是双方以自由为最高赠礼的洒脱，以及绝不滥用这一份自由的珍惜。

凭人力可以成就和睦的婚姻，得到幸福的爱情却要靠天意。

幸福是难的。也许，潜藏在真正爱情背后的是深沉的忧伤，潜藏在现代式的寻欢作乐背后的是空虚。两相比较，前者无限高于后者。

给爱情划界时不妨宽容一些，以便为人生种种美好的际遇保留怀念的权利。

让我们承认，无论短暂的邂逅，还是长久的纠缠，无论相识恨晚的无奈，还是终成眷属的有情，无论倾注了巨大激情的冲突，还是伴随着细小争吵的和谐，这一切都是爱情。每个活生生的人的爱情经历不是一座静止的纪念碑，而是一道流动的江河。当我们回首往事时，我们自己不必否认，更不该要求对方否认其中任何一段流程、一条支流或一朵浪花。

我不相信人一生只能爱一次，我也不相信人一生必须爱许多次。次数不说明问题。爱情的容量即一个人心灵的容量。你是深谷，一次爱情就像一道江河，许多次爱情就像许多浪花；你是浅滩，一次爱情只是一条细流，许多次爱情也只是许多泡沫。

爱情不是人生中一个凝固的点，而是一条流动的河。这条河中也许有壮观的激流，但也必然会有平缓的流程，也许有明显的主航道，但也可能会有支流和暗流。除此之外，天上的云彩和两岸的景物会在河面上映出倒影，晚来的风雨会在河面上吹起涟漪，打起浪花。让我们承认，所有这一切都是这条河的组成部分，共同造就了我们生命中美丽的爱情风景。

爱情不论短暂或长久，都是美好的。甚至陌生异性之间毫无结果的好感，定睛的一瞥、朦胧的激动、莫名的惆怅，也是美好的。因为，能够感受这一切的那颗心毕竟是年轻的。生活中若没有邂逅以及对邂逅的期待，未免太乏味了。人生魅力的前提之一是，新的爱情的可能性始终向你敞开着，哪怕你并不去实现它们。如果爱情的天空注定不再有新的云朵飘过，异性世界对你不再有任何新的诱惑，人生岂不太乏味了？

不要以成败论人生，也不要以成败论爱情。

现实中的爱情多半是失败的，不是败于难成眷属的无奈，就是败于终成眷属的厌倦。然而，无奈留下了永久的怀恋，厌倦激起了常新的追求，这未尝不是爱情本身的成功。

说到底，爱情是超越成败的。爱情是人生最美丽的梦，你能说你做了一个成功的梦或失败的梦吗？

心灵相通，在实际生活中又保持距离，最能使彼此的吸引力耐久。

好的爱情有韧性，拉得开，但又扯不断。

相爱者互不束缚对方，是他们对爱情有信心的表现。谁也不限制谁，到头来仍然是谁也离不开谁，这才是真爱。

爱的反义词

爱的反义词不是孤独。在我们的心灵深处，爱和孤独其实是同一种情感，它们如影随形，不可分离。愈在我们感觉孤独之时，我们便愈怀有强烈的爱之渴望。也许可以说，一个人对孤独的体验与他对爱的体验是成正比的，他孤独的深度大致决定了他爱的容量。反过来说也一样，人类思想史和艺术史上那些伟大的灵魂，其深不可测的孤独岂不正是源自那博大无际的爱？这爱不是有限的人世事物所能满足的。孤独和爱是互为根源的，孤独无非爱寻求接受而不可得，而爱也无非对他人之孤独的发现和抚慰。在爱与孤独之间并不存在此长彼消的关系，现实的人间之爱不可能根除心灵对于孤独的体验，而且在我看来，我们也不应该对爱提出这样的要求，因为一旦没有了对孤独的体验，爱便失去了品格和动力。在两个不懂得品味孤独之美的人之间，爱必流于琐屑和平庸。

爱的反义词也不是恨。一个心中没有爱的人，他对什么都不在乎，也就不会恨什么。之所以爱憎分明，是因为有执着的爱，有鲜明的价值取向。在现实生活中，爱转化为恨的事例更是司空见惯，而这种转化之所以可能，就是因为两者原是同一种激情的不同形态。爱是关切，关切就会在乎，在乎就难免挑剔，于是生出了无穷的恩恩怨怨。当然，一般而言，那种容易陷入恩怨是非的爱的气象未免渺小，其中还混杂了太多的得失计较。大爱不求回报，了断浮世恩怨。然而，当大爱者的救世抱负受挫之时，大爱也会表现为像鲁迅那样“哀其不幸，怒其不争”的大恨。总之，一切人世的爱，都是不能割断与恨的联系的。

那么，爱的反义词是什么呢？哪一种情感状态与爱截然相反，是爱的毋庸置疑的对立面呢？回答只能是：冷漠。孤独者和恨者都是会爱的，冷漠者却与爱完全无缘。如果说孤独是爱心的没有着落，恨是爱心的受挫，那么，冷漠就是爱心的死灭。一个冷漠的人，不但没有爱心，我们甚至可以说他没有心，没有灵魂。因为爱心原是灵魂的核心，灵魂借爱而活着、感受着、生长着，无爱的灵魂中没有了一切积极的情感，这样的灵魂已经名存实亡。无论对个人来说，还是对社会来说，真正可怕的是冷漠，它使个人失去生活的意义，使社会发生道德的危机。在我看来，当今社会最触目惊心的现象之一便是人心的冷漠。最近屡屡读到汽车司机肇事后把受害者害死然后逃逸的报道，害死的方式包括回车碾轧伤者、把伤者扔进污水沟、带着被卷入车下的伤者继续疾驰等等，无不令人发指。毫无疑问，这些罪犯对于受害者无仇无恨，他们仅仅是为了逃避对自己的惩罚而不惜虐杀他人的生命，而这种惩罚本来只不过是使他们受短暂的牢狱之灾或一些财产损失而已，与一条生命的价值不可同日而语。这当然是冷漠的极端例子，然而，这类恶性事件的增多是有社会因素的，暴露了社会上相当普遍的重利轻情、见利忘义的倾向。在一个太重功利的社会里，冷漠会像病毒一样传播，从而使有爱心的人更感到孤独，甚至感到愤恨。不过，让我们记住，我们不要因为孤独和愤恨也堕入冷漠，保护爱心、拒绝冷漠是我们对于自己的灵魂的一份责任，也是我们对于社会的一份责任。

爱情是一条流动的河

“一个人只要领略过爱情的纯真喜悦，那么，不论他在精神和智力生活中得到过多么巨大的乐趣，恐怕他都会将自己的爱情经历看作一生旅程中最为璀璨耀眼的一个点。”这段话不是出自某个诗人之手，而是引自马尔萨斯的经济学名著《人口论》。一位经济学家在自己的主要学术著作中竟为爱情唱起了赞歌，这使我倍觉有趣。

可是，我仍然要提出异议：爱情经历仅是一个人一生旅程中的一个点吗？它真的那么确定、那么短促？

这个问题换一种表达便是：当我们回顾自己的爱情经历时，我们有什么理由断定哪一次或哪一段是真正的爱情，从而把其余的排除在外？

毫无疑问，热恋的经历是格外令人难忘的。然而，热恋往往难于持久，其结局或者是猝然终止，两人含怨分手，或者是逐渐降温，转变为婚姻中的亲情或婚姻外的友情。在现实生活中，这种情况造成了许多困惑。一些人因为热恋关系的破裂而怀疑曾有的热恋是真正的爱情，贬之为一场误会，就像一首元曲中形容的那样彼此翻脸，讨回情书“都扯做纸条儿”。另一些人则因为浪漫激情的消逝而否认爱情在婚姻中继续存在的可能性，其极端者便如法国作家杜拉斯所断言，夫妻之间最真实的东西只能是背叛。

究竟什么是真正的爱情？如果它是指既不会破裂也不会降温的永久的热恋，那么，世上究竟有没有真正的爱情？如果没有，那么，我们是否应该重新来给它定义？正是这一系列疑问促使我越来越坚定地主张：在给爱情划界时要宽容一些，以便为人生中种种美好的遭遇保留怀念的权利。

在最宽泛的意义上，爱情就是两性之间的相悦，是在与异性交往中感受到的身心的愉快，是因为异性世界的存在而感觉世界之美好的心情。一个人的爱情经历并不限于与某一个或某几个特定异性之间的恩恩怨怨，也是对于整个异性世界的总体感受。因此，不但热恋是爱情，婚姻的和谐是爱情，而且一切与异性之间的美好交往，包括短暂的邂逅、持久而默契的友谊，乃至毫无结果的单相思，留在记忆中的定睛一瞥，在最宽泛的意义上都可以包容到一个人的爱情经历中。

爱：从痴迷到依恋

爱有一千个定义，没有一个定义能够把它的内涵穷尽。

当然，爱首先是一种迷恋。情人之间必有一种痴迷的心境和一种依恋的情怀，否则算什么坠入情网呢？可是，仅仅迷恋还不是爱情。好色之徒猎艳，无知少女追星，也有一股迷恋劲儿，却与爱情风马牛不相及。即使自以为坠入情网的男女，是否真爱也有待岁月检验。一段爱情的生存时间可长可短，但必须有一个最低限度，这是爱情之为爱情的质的保证。小于这个限度，两情无论怎样热烈，也只能算作一时的迷恋，不能称作爱情。

所以，爱至少应该是一种相当长久的迷恋。迷恋而又长久，就有了互相的玩味和欣赏，爱便是这样一种乐此不疲的玩味和欣赏。两个相爱者之间必定是常常互相玩味的，而且是不由自主地要玩，越玩越觉得有味。如果有一天觉得索然无味，毫无玩兴，爱就荡然无存了。

迷恋越是长久，其中热烈痴迷的成分就越是转化和表现为深深的依恋，这依恋便是痴迷的天长日久的存在形式。由于这深深的依恋，爱又是一种永无休止的惦念。有爱便有牵挂，而且牵挂得似乎毫无理由，近乎神经过敏。你在大风中行走，无端地便担心爱人的屋宇是否牢固。你在睡梦中惊醒，莫名地便担忧爱人的旅途是否平安。哪怕爱人比你强韧，你总放心不下，因为在你眼中，她（他）永远比你甚至比一切世人脆弱，你自以为比世人也比她（他）自己更了解她（他），唯有你能洞察那强韧外表掩盖下的脆弱。

于是，爱又是一种温柔的呵护。不论男女，真爱的时候必定温柔。爱一个人，就是心疼她、怜她、宠她，所以有“疼爱”“怜爱”“宠爱”之说。心疼她，因为她受苦。怜她，因为她弱小。宠爱她，因为她这么信赖地把自己托付给你。女人对男人也一样。再幸运的女人也有受苦的时候，再强大的男人也有弱小的时候，所以温柔的呵护总有其理由和机会。爱本质上是一种指向弱小者的感情，在爱中，占优势的是提供保护的冲动，而非寻求依靠的需要。如果以寻求强大的靠山为鹄的，那么，正因为再强的强者也有弱的时候和方面，这种结合一开始就隐藏着破裂的必然性。

如此看来，爱的确是一种给予和奉献。但是，对爱者来说，这给予是必需，是内在丰盈的流溢，是一种大满足。温柔也是一种能量，如果得不到释放，便会造成内伤，甚至转化为粗暴和冷酷。好的爱情能使双方的这种能量获得最佳释放，这便是爱情中的幸福境界。因此，真正相爱的人总是庆幸自己所遇恰逢其人，为此对上天满怀感恩之情。

我听见一个声音嘲笑道：你所说的这种爱早已过时，在当今时代纯属犯傻。好吧，我乐于承认，在当今这个讲究实际的时代，爱便是一种犯傻的能力。可不，犯傻也是一种能力，无此能力的人至多只犯一次傻，然后就学聪明了，从此看破了天下一切男人或女人的真相，不再被爱蒙蔽，而具备这种能力的人即使受挫仍不吸取教训，也始终相信世上必有他所寻求的真爱。正是因为仍有这些肯犯傻能犯傻的男女存在，所以寻求真爱的努力始终是有希望的。

爱情不风流

有一个字，内心严肃的人最不容易说出口，有时是因为它太假，有时是因为它太真。

爱情不风流，爱情是两性之间最严肃的一件事。

调情是轻松的，爱情是沉重的。风流韵事不过是躯体的游戏，至多还是感情的游戏。可是，当真的爱情来临时，灵魂因恐惧和狂喜而战栗。

爱情不风流，因为它是灵魂的事。真正的爱情是灵魂与灵魂的相遇，肉体的亲昵仅是它的结果。不管持续时间是长是短，这样的相遇极其庄严，双方的灵魂必深受震撼。相反，在风流韵事中，灵魂并不真正在场，一点小感情只是肉欲的作料。

爱情不风流，因为它极认真。正因为此，爱情始终面临着失败的危险，如果失败又会留下很深的创伤，这创伤甚至可能终身不愈。热恋者把自己全身心投入对方并被对方充满，一旦爱情结束，往往就有一种被掏空的感觉。风流韵事无所谓真正的成功或失败，投入甚少，所以退出也甚易。

爱情不风流，因为其实它是很谦卑的。“爱就是奉献”——如果除去这句话可能具有的说教意味，便的确是真理，准确地揭示了爱这种情感的本质。爱是一种奉献的激情，爱一个人，就会遏制不住地想为她（他）做些什么，想使她（他）快乐，而且是绝对不求回报的。爱者的快乐就在这奉献之中，在他所创造的被爱者的快乐之中。最明显的例子是父母对孩子的爱，推而广之，一切真爱均应如此。可以用这个标准去衡量男女之恋中真爱所占的比重，剩下的只是情欲罢了。

爱情不风流，因为它需要一份格外的细致。爱是一种了解的渴望，爱一个人，就会不由自主地想了解她（他）的一切，把她（他）所经历和感受的一切当作最珍贵的财富接受过来，精心保护。如果你和一个异性发生了很亲密的关系，但你并没有这种了解的渴望，那么，我敢断定你并不爱她（他），你们之间只是又一段风流姻缘罢了。

爱情不风流，因为它虽甜犹苦，使人销魂也令人断肠，同时是天堂和地狱。正如纪伯伦所说——

“爱虽给你加冠，它也要把你钉在十字架上。它虽栽培你，它也刈剪你。

“它虽升到你的最高处，抚惜你在日中颤动的枝叶。它也要降到你的根下，摇动你的根底的一切关节，使之归土。”

所以，内心不严肃的人、内心太严肃而又被这严肃吓住的人、自私的人、懦弱的人、玩世不恭的人、饱经风霜的人，在爱情面前纷纷逃跑了。

所以，在这人际关系日趋功利化、表面化的时代，真正的爱情似乎越来越稀少了。有人愤激地问我：“这年头，你可听说某某恋爱了，某某又失恋了？”我一想，果然少了，甚至带有浪漫色彩的风流韵事也不多见了。在两性交往中，人们好像是越来越讲究实际，也越来越潇洒了。

也许现代人真是活得太累了，所以不愿再给自己加上爱情的重负，而宁愿把两性关系保留为一个轻松娱乐的园地。也许现代人真是看得太透了，所以不愿再徒劳地经受爱情的折磨，而宁愿不动感情地面对异性世界。然而，逃避爱情不是现代人精神生活空虚的一个征兆吗？爱情原是灵肉两方面的相悦，而在普遍的物欲躁动中，人们尚且无暇关注自己的灵魂，又怎能怀着珍爱的情意去发现和欣赏另一个灵魂呢？

尽管真正的爱情确实可能让人付出撕心裂肺的代价，却也会使人得到刻骨铭心的收获。逃避爱情的代价更大。就像一万部艳情小说也不能填补《红楼梦》的残缺一样，一万件风流韵事也不能填补爱情的空白。如果男人和女人之间不再信任和关心彼此的灵魂，肉体徒然亲近，灵魂终是陌生，他们就真正成了大地上无家可归的孤魂。如果亚当和夏娃互相不再有真情甚至不再指望真情，他们才是真正被逐出了伊甸园。

爱情不风流，因为风流不过尔耳，爱情无价。

花心男女的专一爱情

向天下情侣和仍然相爱的夫妇问一个问题：你能否容忍你的情人、妻子或丈夫在爱你的同时还对别的异性动情？我相信，回答基本上是否定的。这么说来，爱情应该是专一的了。

再问第二个问题：你在爱你的情人、妻子或丈夫的同时，能否保证对别的异性绝不动情？我相信，如果你足够诚实，回答基本上也是否定的。这么说来，爱情又很难是专一的了。

那么，爱情到底是不是专一的呢？

首先肯定一点：当我们与一个人真正相爱时，我们要求他（她）全心全意地爱自己，这个要求是合理的。如果他（她）对别的异性也动情，我们就会妒火中烧，这种嫉妒的情绪也是正常的，不可简单地斥为心胸狭隘或占有欲太强。问题在于，在这种情形下，我们对既有爱情的信心必然会发生动摇。第一，爱情总是从动情开始的，如果我的爱人对别人动情了，我如何能断定这动情不会发展成爱情呢？第二，爱情和动情的界限实在也难以划清，说到底不过是程度的差别。事实上，我们确实看到，在此类事件中，越轨的一方无论怎样信誓旦旦、花言巧语，也很难使受委屈的一方相信自己仍是唯一被爱的人。我们也许还有理由假定，每个人在性爱方面的能量是一个常数，因此，别的方向支出的增加就意味着既有方向投入的减少。这么看来，爱情在本质上要求一种完整性，要求它自身是不可分割的，专一这个要求是包含在爱情的定义中的。

然而，专一是爱情的本性，却不是人的本性，不是每一个有血有肉的男人和女人的本性。问题就出在这里。当绝色美女海伦出现在特洛伊宫廷上时，所有在场的男人，不管元老还是大臣，都被她的美貌惊呆和激动了，这才是男人的天性。凡是身心健康的男女，我的意思是说，凡是不用一种不自然的观念来压抑自己的男女，在和异性接触时都会有一种和同性接触所没有的愉快感受，有时这种感受还会比较强烈，成为特别的好感，这是一个基于性别差异的必然倾向，这个倾向不会因为一个人已经有了情人或结了婚而完全改变。也许热恋中的人会无暇他顾，目中没有别的异性，但是，热恋毕竟不是常态。正是在对异性的这种愉快感受的基础上，动情就成了有时难免会发生的事。

所以，不妨说，天下的男女在不同程度上都是花心的。那么，天下的爱情岂不都岌岌可危了吗？我想不会的，原因是在每一个人身上，一方面固然可能对不止一个异性发生愉悦之感，另一方面又希望得到专一的爱情，二者之间产生了一种微妙的平衡。在一定的意义上可以说，忠贞的爱情是靠了克制人性的天然倾向才得以成全的。不过，如果双方都珍惜现有的爱情，这种克制就会是自愿的，并不显得勉强。也有一方没有克制住的情形，我的建议是，如果另一方对于彼此的爱情仍怀有基本的信心，就最好本着对人性的理解而予以原谅。要知道，那种绝对符合定义的完美的爱情只存在于童话中，现实生活中的爱情不免有这样那样的遗憾，但这正是活生生的男人和女人之间的活生生的爱情。当然，万事都有一个限度，如果越轨成为常规，再宽容的人也无法相信爱情的真实存在了，或者有理由怀疑这个风流成性的哥儿姐儿是否具备做伴侣的能力了。

爱还是被爱

桌上放着一封某杂志社转来的读者来信，信中提出了一个难题：在做婚姻的抉择时，究竟应该选择自己所爱的人，还是爱自己的人？换句话说，为了婚姻的幸福，爱和被爱，何者更为重要？

对于这个问题，我可以不假思索地给出一个肯定正确无误的答复：爱和被爱同样重要，两者都是幸福婚姻必不可少的条件。无论是和自己不爱的人结合，还是和不爱自己的人结合，都不可能真正感到幸福。

然而，这个正确的答复过于抽象，并不能切中具体的生活情境。事实上，一个人如果遇到了自己深爱同时也深爱自己的人，就不存在所谓抉择的问题了。难题的提出恰恰是因为没有遇到这样的理想对象，于是不得已退而求其次，只好在不甚理想的对象中间进行选择。鉴于现实中理想爱情的稀少，面临类似选择的情境差不多是生活的常态，所以这个问题有权得到认真的对待。

可是，当我试图认真思考这个问题时，我发现我完全没有能力给出一个答案。男女之间的情感纠缠，波谲云诡，气象万千，当局者固然迷，旁观者又何尝清？我至多只能说，如果你不得已退而求其次，你的退步也要适可而止。设有某君，你极爱他，但他完全不爱你，此君可以免谈。或者相反，他极爱你，但你完全不爱他，此君也可免谈。总之，如果一方完全无意，就绝不可勉强，因为即使勉强成事，结果可以预料是很悲惨的。不过，如果一方真的完全无意，其实也就不存在选择的问题了。纠缠的发生，选择的必要，往往是因为一方相当有意，另一方却在有意无意之间。也就是说，一方很爱另一方，而另一方仅仅是比较喜欢这一方，所以仍能维持一种纠缠的格局（别有所图者不在此论）。让我尝试着分析一下这种情况。

爱情受理想原则支配，婚姻受现实原则支配。爱情本身拥有一种盲目的力量，会使人不顾一切地追求心目中的偶像。所以，当一个人考虑是否要与不太爱自己的或自己不太爱的人结婚时，她（他）已经在受现实原则支配了。理想原则追求的是幸福（事实上未必能追求到），现实原则要求避免可预见的不幸（结果往往也就不会太不幸）。可以用两个标准来衡量婚姻的质量，一是它的爱情基础，二是它的稳固程度。这两个因素之间未必有因果关系，热烈的爱情自有其脆弱的方面，而婚姻的稳固往往更多地取决于一些实际因素。两者俱佳，当然是美满姻缘。然而，如果其中之一甚强而另一稍弱，也算得上是成功的婚姻了。以此而论，双方中只有一方深爱而另一方仅是喜欢，但在婚姻的稳固性方面条件有利，例如双方性格能够协调或互补，则此种结合仍可能有良好前景，而在长久婚姻生活中培养起来的亲情也将弥补爱情上的先天不足。当然，双方爱情的不平衡本身是一个不利于稳固性的因素，而其不利的程度取决于不平衡的程度和当事人的禀性。感情差距悬殊，当然不宜结合。在差距并不悬殊的情况下，如果爱得热烈的那一方嫉妒心强，非常在乎被爱，或者不太投入的那一方生性浪漫，渴望轰轰烈烈爱一场，则也不宜结合，因为明摆着迟早会发生不可调和的冲突。所以，在选择一个你很爱但不太爱你的人时，你当自问，你是否足够大度，或对方是否足够安分；在选择一个很爱你但你不太爱的人时，你当自问，你是否足够安分，或对方是否足够大度。如果答案是否定的，你当慎行；如果答案是肯定的，你就不妨一试。你这样做仍然是冒着风险的，可是，在任何情况下，包括在彼此因热烈相爱而结合的情况下，婚姻都不可能除去它所固有的冒险成分。明白了这个道理，你就不会太苛求婚姻，那样反而更有希望使它获得成功了。

爱和被爱同是人的情感需要，悲剧在于两者常常发生错位，爱上了不爱己者，爱己者又非己所爱。人在爱时都太容易在乎被爱，视为权利；在被爱时又都太容易看轻被爱，受之当然。如果反过来，有爱心而不求回报，对被爱知珍惜却不计较，人就爱得有尊严、活得有气度了。说到底，人生在世，真正重要的事情是如何做人，与之相比，与谁一起过日子倒属于比较次要的事情了。不过，这已经是题外话了。

市场经济与性爱自由

在今日中国，人们在性、爱情和婚姻方面已经享有很大的自由，这种自由在二三十年前是不可想象的。那时候，虽然爱情和婚姻的自由也写进了法律，但是，在行政和舆论的强大干预下，这种自由在实践中至少打了极大的折扣，在许多场合实际上被剥夺了。凡是从那个时代走过来的人，应该对两个现象记忆犹新。一是非婚（不论婚前还是婚外）性关系成为行政处罚的对象，并且遭到舆论的普遍歧视和谴责。多少人因为所谓“生活作风问题”——这个词之于今日的青年是多么陌生——而抬不起头，甚至印上了历史污点，影响一生的前途。二是离婚极其困难，不但当事人要经历两败俱伤的持久的消耗战，而且几乎必定会受到来自行政方面，常常还是司法方面的阻挠，并且同样遭到舆论的普遍歧视和谴责。

现在，这两个现象已经基本上成为过去，无论非婚性关系，还是离婚，在相当程度上已被视为个人的私事，人们普遍对之持宽容态度。这是一个重大的进步。事实上，非婚性关系的自由是爱情自由的必要条件和重要内容。对青年男女来说，婚前的禁欲不但是不人道的，而且往往会造成择偶上的盲目性，因为在这一禁令下，他们一方面可能由于欲望的逼迫而饥不择食，匆忙结婚，另一方面又不得不在缺乏性经验、因而对于性生活是否和谐毫无把握的情形下互订终身。婚外性关系的情况比较复杂，可以肯定的是，原则上这也应是有关当事人的私事，而不应是司法或行政的对象。用法律或行政手段禁止婚外性关系，其合乎逻辑的结果是禁止婚外的爱情，而这又意味着剥夺已婚者的爱情自由。同样，离婚的自由是婚姻自由的必要条件和重要内容，这个道理是不言而喻的。我们的《婚姻法》把判离婚的根据由过错改为感情破裂，无疑是在保护离婚自由方面迈出了决定性的一步。修改后的现行《婚姻法》增加了离婚时感情受伤害一方有权要求获得经济赔偿的条款，这一条款十分耐人寻味。我从中读出的潜台词是：从前备受舆论谴责的婚外情不再是一种道德罪恶，而转换成了某种可以在经济上加以计算的权益侵损，这就更加彻底地把婚爱纠葛还原成了当事人之间能以一定方式扯平的私事。

性爱生活是私生活最重要的组成部分，因而上述变化在一定程度上反映了中国公民生活中一个不受侵犯亦即受到法律保护的私人领域正在逐渐形成。对于这一事实的意义，我们无论怎样评价都不为过。若问这一重大变化缘何而来，我认为答案只有一个，就是源自市场经济体制的确立和推进。西方历史表明，那种保护个人自由的社会秩序正是伴随着市场经济的发展得以建立和健全的。在中国，有识之士早就为性爱的自由大声疾呼，但阻力重重，收效甚微。市场经济一推广，很快就以不可阻挡之势解决了人们在理论上争论不休的问题，把一切守旧的声音置于绝对劣势。关键在于，市场经济不但有力地改变了人们的道德观念，而且有效地削弱了行政机构干预人们生活的强制力量。在计划经济体制下，一个人的社会地位和经济收入在很大程度上取决于行政机构对他的评价，这种情形迫使他在私生活领域中也不得不按照行政机构所承认的标准行事。相反，在市场经济体制下，每一个人至少在理论上都拥有选择职业的自由，亦即凭自己的本事找饭吃的自由，而这就意味着任何地方或单位的行政机构都不再能决定他的命运。一个人一旦拥有经济上的自由，他在私生活领域便也有了相当的自由，这时候，能够约束他的就只有法律了。也就是说，只要他不触犯法律，就没有人能惩处他。当然，他不能不顾及社会舆论，可是，我们发现，一旦行政权力不再能干预人们的私生活，社会舆论很快就会发生变化。改革开放以来，正是那些首先脱离体制而到市场上去谋生和求发展的人，由于摆脱了行政权力的控制，因此在私生活方面也率先开放。毋庸讳言，其中有种种不良现象，但我认为，从总体上说，这些在体制外的人（例如商人、私营企业家、公司白领、自由艺术家）的生活方式对于改变社会舆论起了非常积极的作用。一种更加合乎人性的新生活方式，一旦得到社会的容忍和默认，必然就会迅速传播，以至于当体制内的人起而效仿时，相关的行政权力对之也无可奈何了。这就是我们今天所看到的局面。

想一想在不太久以前，人们谈论起西方的性自由还会感到惊慌或者艳羡，而在今天，中国的性自由水平已经不亚于许多西方国家，变化真是太大了。性自由完全不必是乱交，它在根本上是指把两性关系看作个人的私事，在不触犯法律的前提下，允许个人在这个领域内自由地选择自己所喜欢的方式，包括传统型婚姻、开放型婚姻、非婚同居、不禁欲的独身等。在我看来，市场经济在两性关系领域所促成的最重大进步就在于此。

当然，市场经济在这一领域还造成了其他一些重要变化，例如极大地改变了人们在择偶时的价值观念和衡量标准。其中，金钱的作用上升到了一个显著的地位。不必说那些刻意傍大款的人，即使一般的男女，现在在决定嫁娶时也很少有不考虑对方的财产状况的。金钱似乎成了最性感的东西，富人和所谓成功人士在异性世界里往往能得到更多的机会。我觉得，对于这种现象，我们无须大表义愤。事实上，无论在何种体制下，人们在择偶时一般都会考虑自己的实际利益，这是完全正常的。比如说，在过去的时代，阶级出身是人们在择偶时不可忽视的因素，而高官子女和在权力阶梯上居高的人士在婚姻上也必然处于有利的地位。所以，区别只在于金钱取代权力成了利益权衡的重点。同时我又相信，不论过去和现在，总是有人更加看重感情，而不把权力或财产当作择偶的主要依据的。

我丝毫不想低估伴随着市场经济的发展所出现的种种负面现象，不过，我认为应该对之做具体分析。在转型时期，滞留的旧体制的某些弊病或落后的文化传统与尚不健全的市场经济相结合，往往会有恶性的表现，许多负面现象可以由此得到解释。一个显而易见的事实是，在市场经济发达的西方国家，并不存在诸如大量官员受贿和养情妇、地下或半地下色情业泛滥、拐卖妇女的犯罪活动猖獗等现象。因此，不能把这些现象一股脑儿都算在市场经济的账上。即使市场经济是原因之一，对它的功过也应该算总账。我们有理由期望，市场经济的健全发展将会导致一种确保个人自由的法治的建立，而这意味着一方面个人享有充分的性爱自由，另一方面各种性腐败和性犯罪现象将受到有力的遏制。

情人节

一年一度情人节。假如我有一个情人，我把什么送她做礼物呢？

那些市场上能够买到的东西，我是不会当作礼物送给她的。在市场上购买情人节礼物是一个时尚，根据钱包的鼓瘪，人们给自己的情人购买情人卡、鲜花、假首饰、真首饰、汽车、别墅等等。如果我也这样做，我不过是向时尚凑了一份热闹，参加了一次集体消费活动而已，我看不出这和爱情有什么关系。

我要送情人的礼物，必须是和别人不同的。所以，我也不能送她海誓山盟，因为一切海誓山盟都那样雷同。那么，我只能把我心中的沉默的爱送给她了。可是，这沉默的爱一开始就是属于她的，我又怎么能把本来属于她的东西当作礼物送给她呢？

一年一度情人节。假如我有一个情人，我带她去哪里呢?

我不会带她去人群聚集的场所。在舞厅、影院、酒吧、游乐场欢度情人节，是现在的又一个时尚。可是，人群聚集之处，只有娱乐者，怎么会有情人呢?在那里，情人不复是情人了，秋波、偎依、抚摩和醉颜都变成了一种娱乐节目。我看不出娱乐场所的喧嚣和爱情有什么关系。

我带情人去的地方，必须是别人的足迹到达不了的。它或许是一片密林，就像泰戈尔所说，密林本不该是老年人的隐居地，老年人应该去管理世间营生，而把密林让给浮躁的年轻人经受爱的修炼。只是在今日嘈杂的世界上，哪里还找得到一片这样的密林?那么，我只好把情人带到我宁静的心中了，因为如今这是能使我们避开尘嚣的唯一去处。可是，既然我的心早就接纳她了，我又怎么能把她带往她已经在的地方呢?

一年一度情人节。假如我有一个情人，我不知道给她送什么礼物、把她带往何处。于是我对自己说，让我去看看别的情人们是怎么做的吧。令我惊奇的事情发生了：我到处只看见情人的模仿者和扮演者，却看不见真正的情人。我暗自琢磨其原因，恍然大悟：情人节之在中国，原本就是对西洋习俗的模仿和扮演。

其实，中国也有自己的情人节，但早已被忘却，那是阴历七月初七，牛郎织女鹊桥相会，情人久别重逢的日子。我进一步恍然大悟：节日凭借与平常日子的区别而存在，正是久别使重逢成了节日。既然现在的情人们少有离别，因而不再能体会重逢的喜悦，那作为重逢之庆典的中国情人节不再被盼望和纪念也就是当然的事了。我不反对中国的现代情人过外国的节日，但是，我要提一个合理的建议：如果你们平日常常相聚，那么，在这一天就不要见面了吧，更不要费神为对方购物或者一同寻欢作乐了，因为这些事你们平日做得够多的了，而唯有和平日不同才显得你们是在过节。

第六章

父母们的眼神

被自己的孩子视为亲密的朋友，
这是为人父母者所能获得的最大成功。
不过，为人父母者所能遭到的最大失败并非被自己的孩子视为对手和敌人，
而是被视为上司或者奴仆。

拯救童年

我是怀着强烈期待的心情翻开尼尔·波兹曼的《童年的消逝》一书的。原因有二：一是此前读过这位作者的另一著作《娱乐至死》并深感共鸣；二是该书的主题正是我长期关注和忧虑的问题。读后的感觉是未失所望，但又意犹未尽。

该书的立论与《娱乐至死》一脉相承，也是电视对于文化的负面作用，而童年的消逝基本上被视为此种负面作用的一个特例。作者是在社会学而非生物学意义上定义童年概念的，他认为，这个意义上的童年概念是印刷术的产物。在此之前，尤其在漫长的中世纪，童年与成年的界限是模糊不清的。由于儿童死亡率居高不下，使得人们包括一般父母在儿童身上不愿投入感情，尚未形成同情儿童的心理机制。甚至像柏拉图这样的哲学家竟也断言：对儿童只能用“恐吓和棍棒，像对付弯曲的树木一样”。同时，由于主要依靠口头方式传播信息，儿童很早就从成人百无禁忌的谈话中知道了成年的各种秘密包括性秘密，不能培育起羞耻心。总之，在社会的普遍意识中，童年不被看作一个需要给予特殊关心的人生阶段，真正的儿童教育并不存在。儿童之所以被当作成人对待，从英国法律中可见一斑。直到 1780 年，二百多项死罪对儿童一视同仁，有一个七岁女孩只因为偷了一条衬裙就被处以绞刑。

如果说医学的发展改变了人们对儿童生命和心灵的麻木态度，那么，印刷术的发明则在人类历史上第一次创造了童年的概念。按照作者的解说，这主要是指，由于信息传播方式由口头转变为文字，社会便获得了一个区分童年和成年的明确标准，就是是否具备阅读能力。童年是从学习识字和阅读开始的，儿童必须接受教育才能应付成人的符号世界，成年变成一个需要经过努力才能达到的目标，为此欧洲建立了现代学校。作为一个重要结果，文字的屏障可使儿童避免接触于他们不宜的信息，保护他们的羞耻心。作者始终强调，羞耻心是童年存在的前提。这是有道理的，因为儿童的天真在相当程度上依赖于羞耻心。

然而，信息传播技术的新革命再一次彻底改变了儿童生活的场景，在作者看来，不啻是消灭了由印刷术所建立的儿童的概念。这就是电视的发明。自20世纪50年代以来，电视在美国的家庭里扎根，接着普及于全世界，成为当代文化的主宰。作者对于电视文化的批判是强有力的。他引美国作家芒福德的话说：钟表消灭了永恒，印刷机使之恢复。依靠印刷的书籍，个人得以摆脱一时一地的控制，扩展了思想自由的疆域。可是，电视似乎又重新消灭了永恒。电视在本质上是娱乐，它旨在制造观众瞬时的兴奋。看电视就好像参加一个聚会，满座是你不认识的人，不断被介绍给你，而你在兴奋之后，完全记不住这些人是谁和说了什么。电视破坏了童年和成年之间界限的历史根基，在电视机前面，童年消逝与成年消逝并行。一方面，看电视不需要也不开发任何技能，它把成人变成了功能性文盲、儿童化的成人。正如英国哲学家怀特海早就指出的："文化是思想活动，是对美和高尚情感的接受。支离破碎的信息或知识与文化毫不相干。"另一方面，它又把儿童变成了成人化的儿童。孩子们从电视图像上获得五花八门的信息，仿佛无所不知，尚未提问就被给予了一大堆答案，好奇的张力减弱，好奇被自以为是取代。他们还通过电视知道了成人的一切秘密，导致羞耻心消失。作者断言，如今孩子普遍早熟，青春期提前，电视——现在还应该加上网络——对此脱不了干系。当儿童能够任意接触成人的知识禁果时，他们就确实被逐出童年乐园了。令无数家长忧虑的事实是，家长对孩子的信息环境完全失去了控制。玛格丽特·米德把电视称作“第二家长”，我们或许可以把网络称作“第三家长”，而且，这些后来居上的“家长”威力多么巨大，使得许多“第一家长”成了徒有其名的傀儡。

童年消逝的一个重要表征是传统儿童游戏的消失。英国两位历史学家鉴定了几百种传统儿童游戏，其中没有一种是现在的美国儿童仍经常玩的。我们这里的情况并不稍微好一些，不必说上了年纪的人，即使是三四十岁的中年人，记忆中的童年游戏在今日的孩子中间也已难觅踪影。今日的孩子当然也玩，区别于传统游戏，有两个鲜明特征。其一是抽象性，突出表现在电脑游戏，沉浸在虚拟世界里，昏天黑地，不知阳光下还有一个真实的世界。在玩电脑游戏时，人自身也化为抽象的存在，肉体和灵魂皆消失，变成了受电脑程序控制的一个部件。相反，传统游戏总是具体的，环境具体，多半在户外，与自然亲近，人也具体，手脑并用，身心皆投入。其二，传统游戏具有自发性，没有成人的干预，孩子们自然地玩到了一起，自由自在，充满童趣。相反，现在的儿童游戏变得日益职业化了，作者举出美国的例子，组织各种比赛，往往有家长督促和参与，让孩子们经受培训、竞争、媒体宣传的辛苦。在我们这里，则是给孩子报各种班，学各种技能，同样也要参加各种比赛，加上繁重的作业，占据了全部课外时间。可是，当孩子们毫不自由地从事着这些活动时，他们还是在玩吗？当然不是了，他们其实是被绑架进了成人世界的竞争之中。

最后，我说一说对这本书感到意犹未尽的理由。作者的基本论点是，电视文化取代印刷文化，这是导致童年消逝的根源。中国当今的现实却是，不但电视文化，而且印刷文化，二者共同导致了孩子们童年的消逝，因而消逝得更为彻底。其实，作者自己曾谈到，在印刷文化的范畴内，也有两种不同的童年概念。洛克派认为：儿童是未成形的人，教育就是通过识字和理性能力的培养使之成形，变成文明的成人。卢梭派则认为：儿童拥有与生俱来的自发能力，教育就是生长，以文字为主导的现行教育却压抑了生长，结果使儿童变成了畸形的成人。不用多说，人们就会感到，卢梭的批评是多么切合今日中国的现状。因此，为了拯救中国孩子的童年，我们不但要警惕电视文化的危害，更要克服印刷文化的弊病，其极端表现就是我们今天急功近利的应试教育。

父母们的眼神

街道上站着许多人，一律沉默，面孔和视线朝着同一个方向，仿佛有所期待。我也朝那个方向看去，发现那是一所小学的校门。那么，这些肃立的人便是孩子们的家长了，临近放学的时刻，他们在等待自己的孩子从那个校门口出现，以便亲自领回家。

游泳池的栅栏外也站着许多人，他们透过栅栏朝里面凝望。游泳池里，一群孩子正在教练的指导下学游泳。不时可以听见某个家长从栅栏外朝着自己的孩子呼叫，给予一句鼓励或者一句警告。游泳课持续了一个小时，其间每个家长的视线始终执着地从众儿童中辨别着自己的孩子的身影。

我不忍心看中国父母们的眼神，那里面饱含着关切和担忧，但缺少信任和智慧，是一种既复杂又空洞的眼神。这样的眼神仿佛恨不能长出两把铁钳，把孩子牢牢夹住。我不禁想，中国的孩子要成长为独立的人格，必须克服多么大的阻力啊。

父母的眼神对于孩子的成长有着不可低估的影响。打个不太确切的比方，即使是小动物，生长在昏暗的灯光下抑或在明朗的阳光下，也会造就截然不同的品性。对孩子来说，父母的眼神正是最经常笼罩他们的一种光线，他们往往是借之感受世界的明暗和自己生命的强弱的。看到欧美儿童身上的那一股小大人气概，每每忍俊不禁，觉得非常可爱。相比之下，中国的孩子便仿佛总也长不大，不论大小事都依赖父母，不肯自己动脑动手，不敢自己做主。当然，并非中国孩子的天性如此，这完全是后天教育的结果。我在欧洲时看到，那里的许多父母在爱孩子上绝不逊于我们，但他们同时又都极重视培养孩子的独立生活能力，简直视为子女教育的第一义。在他们看来，真爱孩子就应当从长计议，使孩子离得开父母，离了父母仍有能力生活得好，这是常识。遗憾的是，对中国的大多数父母来说，这个不言而喻的道理尚有待启蒙。

我知道也许不该苛责中国的父母们，他们的眼神之所以常含不安，很大程度上是因为看到了在我们的周围环境中有太多不安全的因素，诸如交通秩序混乱、公共设施质量低劣、针对儿童的犯罪猖獗等，皆使孩子的幼小生命面临威胁。给孩子们提供一个相对安全的生存环境，这的确已是全社会一项刻不容缓的责任。但是，换一个角度看，正因为上述现象的存在，有眼光的父母在对自己孩子的安全保持必要的谨慎的同时，更应该特别注意培养他们的独立精神和刚毅性格，使他们将来有能力面对严峻环境的挑战。

父母怎样爱孩子

对聪明的大人说的话：倘若你珍惜你的童年，你一定也要尊重你的孩子的童年。当孩子无忧无虑地玩耍时，不要用你眼中的正经事去打扰他。当孩子编织美丽的梦想时，不要用你眼中的现实去纠正他。如果你执意把孩子引上成人的轨道，当你这样做的时候，你正是在粗暴地夺走他的童年。

有一些人执意要把孩子引上成人的轨道，在他们眼中，孩子什么都不懂，什么都不会，一切都要大人教，而大人在孩子身上则学不到任何东西。恕我直言，在我眼中，他们是世界上最愚蠢的大人。

做父母做得怎样，最能表明一个人的人格、素质和教养。

被自己的孩子视为亲密的朋友，这是为人父母者所能获得的最大成功。不过，为人父母者所能遭到的最大失败并非被自己的孩子视为对手和敌人，而是被视为上司或者奴仆。

做家长的最高境界是成为孩子的知心朋友。在这一点上，中国的家长相当可怜，一面是孩子的主子、上司，另一面是孩子的奴仆、下属，始终找不到和孩子平等相处的位置。

做孩子的朋友不易，让孩子也肯把自己当朋友更难。多少孩子有了心事，首先要瞒的人是父母，有了知心话，最不想说的人也是父母。

从一个人教育孩子的方式，最能看出这个人自己的人生态度。那种逼迫孩子参加各种竞争的家长，自己在生活中往往也急功近利。相反，一个淡泊名利的人，必定也愿意孩子顺应天性、愉快地成长。

我由此获得了一个依据，去分析貌似违背这个规律的现象。譬如说，我基本可以断定，一个自己无为却逼迫孩子大有作为的人，他的无为其实是无能和不得志；一个自己拼命奋斗却让孩子自由生长的人，他的拼命多少是出于无奈。这两种人都想在孩子身上实现自己未遂的愿望，但愿望的性质恰好相反。

做人和教人在根本上是一致的。我在人生中最看重的东西，也就是我在教育上最想让孩子得到的东西。进一个名牌学校，谋一个赚钱职业，这种东西怎么有资格成为人生的目标，所以也不能成为教育的目标。我的期望比这高得多，就是愿孩子成为一个善良、丰富、高贵的人。

我肯定不是什么教子专家，只不过是一个爱孩子的父亲而已。既然爱，就要做到两点，一是让孩子现在快乐，二是让孩子未来幸福。在今天，做到这两点的关键是抵制现行教育体制的弊端，给孩子提供一个得以尽可能健康生长的小环境。

做父母的很少有不爱孩子的，但是，怎样才是真爱孩子，大可商榷。现在的普遍方式是，物质上无微不至，功课上步步紧逼，精神上麻木不仁。在我看来，这样做不但不是爱孩子，反而是在害孩子。

真爱孩子的人，一定会努力让孩子有一个幸福的童年，以此为孩子一生的幸福奠定基础。具体怎么做，我说一说我的经验供参考。要点有三：其一，舍得花时间和孩子游戏、闲谈、共度欢乐时光，让孩子经常享受到活生生的亲情。其二，尽力抵制应试教育体制的危害，保护孩子天性和智力的健康生长。其三，注意培育孩子的人生智慧和独立精神，不是给孩子准备好一个现成的未来，而是使孩子将来既能自己去争取幸福，又能承受人生必有的苦难。

对于孩子的未来，我从不做具体的规划，只做抽象的定向，就是要让他成为一个身心健康、心智优秀的人。给孩子规定或者哪怕只是暗示将来具体的职业路径，是一种僭越和误导。我只关心一件事，就是让孩子有一个幸福的童年，能够快乐、健康、自由地生长。只要做到了这一点，他将来做什么，到时候他自己会做出最好的决定，比我们现在能做的好一百倍。

做父母的当然要对孩子的将来负责，但只能负起作为凡人的责任，其中最重要的，就是悉心培养正确的人生观和乐观坚毅的性格，使他具备依靠自己争取幸福和承受苦难的能力，不管将来的命运如何，都能以适当的态度面对。至于孩子将来的命运究竟如何，可能遭遇什么，做父母的既然无法把握，就只好不去管它，因为那是上帝的权能。

一个孩子如果他现在的状态对头，就没有必要为他的将来瞎操心了。如果不对头，操心也没用。而且，往往正是由于为他的将来操心得太多、太细、太具体，他现在的状态就不对头了。

和孩子相处，最重要的原则是尊重孩子。从根本上说，就是要把孩子看作一个灵魂，亦即一个有自己独立人格的个体。而且，在孩子幼小时就应该这样，我们无法划出一个界限，说一个人的人格是从几岁开始形成的，实际上这个过程伴随着心智的觉醒早就开始了，在一两岁时已露端倪。

爱孩子是一种本能，尊重孩子则是一种教养，而如果没有教养，爱就会失去风格，仅仅停留在动物性的水准上。

任何一个孩子都绝不会因为被爱得太多而变坏。相反，得到的爱越多，就一定会变得越好。当然，我说的“爱”似乎需要做界定，比如要有长远的眼光和正确的方法之类。但是，不管怎么界定，基本的内涵不容怀疑，就是一种倾注全部感情的关心、爱护、鼓励、欣赏、理解和尊重。只要是这样，就怎么爱也不过分，怎么爱也不会把孩子宠坏。

我对孩子的期望——

第一个愿望：平安。如果想到包围着她的环境中充满不测，这个愿望几乎算得上奢侈了。

第二个愿望：身心健康地成长。

至于她将来做什么，有无成就，我不想操心也不必操心，一切顺其自然。

用什么报答母爱

母亲八十三岁了，依然一头乌发，身板挺直，步伐健稳，人们都说看上去也就七十来岁。父亲去世已满十年，自那以后，她时常离开上海的家，到北京居住一些日子。不过，不是住在我这里，而是住在我妹妹那里。住在我这里，她一定会觉得寂寞，因为她只能看见这个儿子整日坐在书桌或电脑前，难得有一点别的动静。母亲也是安静的性格，但终归需要有人跟她唠唠家常，我偏是最不善此道，每每大而化之，不能使她满足。母亲节即将来临，《家庭博览》杂志向我约稿，我便想到为她写一点文字，假如她读到了，就算是我痛改前非，认真地跟她唠了一回家常吧。

在我的印象里，母亲的一生平平淡淡，做了一辈子家庭主妇。当然，这个印象不完全准确，在家务中老去的她也曾有过如花的少女时代。很久以前，我在一本家庭相册里看见过她早年的照片，秀发玉容，一派清纯。她出生在上海一个职员的家里，家景小康，住在钱家塘，即后来的陕西路一带，是旧上海一个比较富裕的街区。现在回想起来，那时母亲还年轻，喜欢对我们追忆钱家塘的日子。她当年与同街区的一些女友结为姐妹，姐妹中有一人日后成了电影明星，相册里有好几张这位周曼华小姐亲笔签名的明星照。看着照片上的这个漂亮女人，少年的我暗自激动，仿佛隐约感觉到了母亲从前的青春梦想。

曾几何时，那本家庭相册失落了，母亲也不再提起钱家塘的日子。在我眼里，母亲作为家庭主妇的定位习惯成自然，无可置疑。她也许是一个有些偏心的母亲，喜欢带我上街，买某一样小食品让我单独享用，叮嘱我不要告诉别的子女。可是，渐渐长大的儿子身上忽然发生了一种变化，不肯和她一同上街了，即使上街也偏要离她一小段距离，不让人看出母子关系。那大约是青春期的心理逆反现象，当时却惹得她十分伤心，多次责备我看不起她。再往后，这些小插曲也在岁月中淡漠了，唯一不变的是一个围着锅台和孩子转的母亲形象。后来，我到北京上大学，然后去广西工作，然后考研究生重返北京，远离了上海的家，与母亲见面少了，在我脑中定格的始终是这个形象。

最近十年来，因为母亲时常来北京居住，我与她见面又多了。当然，已入耄耋之年的她早就无须围着锅台转了，她的孩子们也都已经有了一把年纪。望着她皱纹密布的面庞，有时候我会心中一惊，吃惊她一生的经历过于简单。她结婚前是有职业的，自从有了第一个孩子，便退职回家，把五个孩子拉扯大成了她一生的全部事业。我自己有了孩子，才明白把五个孩子拉扯大哪里是简单的事情。但是，我很少听见她谈论其中的辛苦，她一定以为这种辛苦是人生的天经地义，不值得称道也不需要抱怨。作为由她拉扯大的儿子，我很想做一些能够使她欣慰的事，也算一种报答。她知道我写书，有点小名气，但从未对此表现出特别的兴趣。直到不久前，我有了一个健康可爱的女儿，当我的女儿在她面前活泼地戏耍时，我才看见她笑得格外欢。自那以后，她的心情一直很好。我知道，她不只是喜欢小生命，也是庆幸她的儿子终于获得了天伦之乐。在她看来，这是比写书和出名重要得多的。母亲毕竟是母亲，她当然是对的。在事关儿子幸福的问题上，母亲往往比儿子自己有更正确的认识。倘若普天下的儿子们都记住母亲真正的心愿，不是用野心和荣华，而是用爱心和平凡的家庭乐趣报答母爱，世界和平就有了保障。

诚信、信任和人的尊严

在今日市场经济的环境中，国人普遍为诚信的缺乏而感到苦恼。商界中的人对此似乎尤有切肤之痛，央视一个节目组曾经向百名企业家发卷调查，征询对“当今最缺失的是什么”问题的看法，答案就集中在诚信和信任上面。其实，消费者是这一弊端最大和最终的受害者，只因处于弱势，他们的委屈常常无处诉说罢了。

如此看来，诚信的缺失——以及随之而来的信任的缺失——已是一个公认的事实。这就提出了一个问题：我们是否曾经拥有诚信，如果曾经拥有，又是在什么时候缺失掉的？

翻阅一下严复的文章，我们便可以知道，至少在一百年前我们还并不拥有，当时他已经在为中国人的“流于巧伪”而大感苦恼了。

所谓巧伪，就是在互相打交道时斗心眼，玩伎俩，占便宜。凡约定的事情，只要违背了能够获利，就会有人盘算让别人去遵守，自己偷偷违背，独获其利，而别人往往也如此盘算，结果无人遵守约定。他举例说：书生决定罢考，“已而有贱丈夫焉，默计他人皆不应试，而我一人独应之，则利归我矣，乃不期然而俱应试如故”；商人决定统一行动，“乃又有贱丈夫焉，默计他人如彼，而我阴如此，则利归我矣，乃不期然而行之不齐如故”。(《论中国之阻力与离心力》)对撒谎的态度也是一例：“今者五洲之宗教国俗，皆以诳语为人伦大诟，被其称者，终身耻之。”唯独我们反而“以诳为能，以信为拙”，把蒙骗成功视为有能力，把诚实视为无能。(《法意》按语)

今天读到这些描述，我们仍不免汗颜，会觉得严复仿佛是针对现在写的一样。一百年前的中国与今天还有一个相似之处，便是国门开放，西方的制度和思想开始大规模进来。那么，诚信的缺失是否由此导致的呢？严复不这么看，他认为，洋务运动引入的总署、船政、招商局、制造局、海军、矿务、学堂、铁道等都是西洋的“至美之制”，但一进到中国就“迁地弗良，若亡若存，辄有淮橘为枳之叹”。比如说公司，在西洋是发挥了巨大效能的经济组织形式，可是在中国即使二人办一个公司也要相互欺骗。(《原强》)所以，原因还得从我们自己身上寻找。现在有些人把诚信的缺失归咎于市场经济，这种认识水平比起严复来不知倒退了多少。

其实，诚信的缺乏正表明中国的市场经济尚不够成熟，其规则和秩序未能健全建立并得到维护。而之所以如此，近因甚多也甚复杂，远因一定可以追溯到文化传统和国民素质。中国儒家的文化传统中缺少人的尊严的观念，因而诚信和信任就缺乏深刻的精神基础。

也许有人会说，“信”在儒家伦理中也占据着重要的位置。不错，孔子常常谈“信”，《论语》中论及诚实守信含义上的“信”就有十多处。但是，在儒家伦理系统中，“信”的基础不是人的尊严，而是封建等级秩序。所以，毫不奇怪，孔子常把“信”置于“忠”之后而连称“忠信”，例如“主忠信”“言忠信”“子以四教：文，行，忠，信”等。可见“信”是从属于“忠”的，诚实守信归根到底要服从权力上的尊卑和血缘上的亲疏。在道德实践中，儒家的“信”往往表现为所谓仗义。仗义和信任貌似相近，实则属于完全不同的道德谱系。信任是独立的个人之间的关系，一方面各人有自己的人格、价值观、生活方式、利益追求等，在这些方面彼此尊重，绝不要求一致，另一方面合作做事时都遵守规则。仗义却相反，一方面抹杀个性和个人利益，样样求同，不能容忍差异，另一方面共事时不讲规则。在中国的商场上，几个朋友合伙做生意，一开始因为哥们儿义气或因为面子而利益不分、规则不明，最后打得不可开交，终成仇人，这样的事例不知有多少。

毫无疑问，要使诚信和信任方面的可悲现状真正改观，根本途径是发展市场经济，完善其规则和秩序。不过，基于上述认识，我认为同时很有必要认真检讨我们的文化传统，使国民素质逐步适应而不是严重阻碍这个市场经济健全化的过程。

把我们自己娱乐死?

美国文化传播学家波兹曼的《娱乐至死》是一篇声讨电视文化的檄文，书名全译出来是“把我们自己娱乐死”，我在后面加上一个问号，用作我的评论的标题。在读这本书的过程中，我确实时时听见一声急切有力的喝问：难道我们要把自己娱乐死？这一声喝问绝非危言耸听，我深信它是我们必须认真听取的警告。

电视在今日人类生活中的显著地位有目共睹，以至于难以想象，倘若没有了电视，这个世界该怎么运转，大多数人的日子该怎么过。拥护者们当然可以举出电视带来的种种便利，据此讴歌电视是伟大的文化现象。事实上，无人能否认电视带来的便利，分歧恰恰在于，这种便利在总体上是推进了文化，还是损害了文化。进一步分析，我们会发现，拥护者和反对者所说的文化是两码事，真正的分歧在于对文化的不同理解。

波兹曼有一个重要论点：媒介即认识论。也就是说，媒介的变化导致了并且意味着认识世界的方式的变化。在印刷术发明后的漫长历史中，文字一直是主要媒介，人们主要通过书籍来交流思想和传播信息。作为电视的前史，电报和摄影术的发明标志了新媒介的出现。电报所传播的信息只具有转瞬即逝的性质，摄影术则用图像取代文字作为传播的媒介。电视实现了二者的完美结合，是瞬时和图像的二重奏。正是凭借这两个要素，电视与书籍形成了鲜明的对照。

在书籍中，存在着一个用文字记载的传统，阅读使我们得以进入这个传统。相反，电视是以现时为中心的，所传播的信息越具有当下性似乎就越有价值。作者引美国电视业内一位有识之士的话说："我担心我的行业会使这个时代充满遗忘症患者。我们美国人似乎知道过去二十四小时里发生的任何事情，而对过去六十个世纪或六十年里发生的事情却知之甚少。"我很佩服这位人士，他能不顾职业利益而站在良知一边，为历史的消失而担忧。书籍区别于电视的另一特点是，文字是抽象的符号，它要求阅读必须同时也是思考，否则就不能理解文字的意义。相反，电视直接用图像影响观众，它甚至忌讳思考，因为思考会妨碍观看。摩西第二诫禁止刻造偶像，作者对此解释道：犹太人的上帝是抽象的神，需要通过语言进行抽象思考方能领悟，而运用图像就是放弃思考，因而就是渎神。我们的确看到，今日沉浸在电视文化中的人已经越来越丧失了领悟抽象的神的能力，对他们来说，一切讨论严肃精神问题的书籍都难懂如同天书。

由上所述，我们大致可以揣测作者对于文化的理解了。文化有两个必备的要素，一是传统，二是思考。做一个有文化的人，就是置身于人类精神传统之中进行思考。很显然，在他看来，书籍能够帮助我们实现这个目标，电视却会使我们背离这个目标。那么，电视究竟把我们引向何方？引向文化的反面——娱乐。一种迷恋当下和排斥思考的文化，我们只能恰如其分地称之为娱乐。并不是说娱乐和文化一定势不两立，问题不在于电视展示了娱乐性内容，而在于在电视上一切内容都必须以娱乐的方式表现出来。“娱乐是电视上所有话语的超意识形态。”在电视的强势影响下，一切文化都依照其转变成娱乐的程度而被人们接受，因而在不同程度上都转变成了娱乐。“除了娱乐业没有其他行业”——到了这个地步，本来意义上的文化就荡然无存了。

电视把一切都变成了娱乐。新闻是娱乐。电报使用之初，梭罗即已讽刺地指出："我们满腔热情地在大西洋下开通隧道，把新旧两个世界拉近几个星期，但是到达美国人耳朵里的第一条新闻可能却是阿德雷德公主得了百日咳。"今天我们通过电视能够更迅速地知道世界各地正在发生的事情，然而，其中绝大多数与我们的生活毫无关联，所获得的大量信息既不能回答我们的任何问题，也不需要我们做出任何回答。作者借用柯勒律治的话描述这种失去语境的信息环境："到处是水，却没有一滴水可以喝。"但我们好像并不感到痛苦，反而在信息的泛滥中感到虚假的满足。看电视新闻很像看万花筒，画面在不相干的新闻之间任意切换，看完后几乎留不下任何印象，而插播的广告立刻消解了不论多么严重的新闻的严重性。政治是娱乐。政治家们纷纷拥向电视，化装术和表演术取代智慧成了政治才能的标志。作者指出，美国前十五位总统走在街上不会有人认出，而现在的总统和议员都争相让自己变得更上镜。宗教是娱乐。神父、大主教都试图通过电视表演取悦公众，《圣经》被改编成了系列电影。教育是娱乐。美国最大的教育产业是在电视机前，电视获得了控制教育的权力，担负起了指导人们读什么样的书、做什么样的人的使命。

波兹曼把美国作为典型对电视文化进行了分析和批判，但是，电视主宰文化、文化变成娱乐的倾向是世界性的。譬如说，在我们这里，人们现在通过什么学习历史？通过电视剧。历史仅仅作为戏说也就是作为娱乐而存在，再也不可能有比这更加彻底地消灭历史的方式了。又譬如说，在我们这里，电视也成了印刷媒介的榜样，报纸和杂志纷纷向电视看齐，使劲强化自己的娱乐功能，蜕变成了波兹曼所说的“电视型印刷媒介”。且不说那些纯粹娱乐性的时尚杂志，翻开几乎任何一种报纸，你都会看到一个所谓文化版面，报道的全是娱乐圈的新闻和大小明星的逸闻。这无可辩驳地表明，文化即娱乐已经成为新的约定俗成，只有娱乐才是文化已经成为不言而喻的共识。

奥威尔和赫胥黎都曾预言文化的灭亡，但灭亡的方式不同。在奥威尔看来，其方式是书被禁读，真理被隐瞒，文化成为监狱。在赫胥黎看来，其方式是无人想读书，无人想知道真理，文化成为滑稽戏。作者认为，实现了的是赫胥黎的预言。这个结论也许太悲观了。我相信，只要人类精神存在一天，文化就绝不会灭亡。不过，我无法否认，对文化来说，一个娱乐至上的环境是最坏的环境，其恶劣甚于专制的环境。在这样的环境中，任何严肃的精神活动都不被严肃地看待，人们不能容忍不是娱乐的文化，非把严肃化为娱乐不可，如果做不到，就干脆把戏侮严肃当作一种娱乐。面对这样的行径，我的感觉是，波兹曼的书名听起来像是一种诅咒。

忘记玄奘是可耻的

在中国历史上，世界级的精神伟人屈指可数，玄奘是其中之一。玄奘不但是一位伟大的行者、信仰者，更是一位伟大的学者。在他身上，有着在一般中国学者身上少见的执着求真的精神。去印度之前，他已遍访国内高僧，详细研究了汉传佛教各派学说，发现它们各执一词，互相抵牾。用已有的汉译佛经来检验，又发现译文多模糊之处，不同译本意思大相径庭。因此，他才“誓游西方，以问所惑”，到佛教的发源地寻求原典。他一生只做了一件事，就是求取和翻译佛教经典。其中，取经用了十七年，译经用了十九年。他是一个知道自己要做什么事的人，有极其明确的目标，因而能够不为任何诱惑所动。取经途中，常有国君挽留他定居，担任宗教领袖，均被坚辞。回国以后，唐太宗欣赏其才学，力劝他归俗，“共谋朝政”，也遭婉谢。

超常的悟性加极端的认真，使玄奘在佛学上取得了伟大的成就。他所翻译的佛经，在量和质上皆空前绝后，直到一千三百多年后的今天，仍无人能够超越。他的佛学造诣由一件事可以看出：在印度时，戒日王举行著名的曲女城大会，请他讲大乘有宗学说，到会的数千人包括印度的高僧大德全都叹服，无一人敢提出异议。以访问学者身份成为外国本土文化首屈一指的大师，这在中国历史上找不出第二个例子。作为对比，近百年来，中国学者纷纷谈论和研究西学，但是，不必说在西学造诣上名冠欧美，即使能与那里众多大学者平起平坐的，可有一人？

世界知道玄奘，则多半是因为《大唐西域记》。这本书其实是玄奘西行取经的副产品，仅用一年时间写成，记述了所到各地的概况和见闻。西方考古学者根据此书在我国新疆、印度等地发掘遗址，皆得到证实，可见玄奘治学的严谨。这本书为印度保存了古代和七世纪前的历史，如果没有它，印度的历史会是一片漆黑，人们甚至不知道佛陀是印度人。正因为如此，玄奘之名在印度家喻户晓，而《大唐西域记》则成了学者们研究印度历史必读的经典。其实，不仅在印度，而且在日本和一些亚洲国家，玄奘都是人们最熟悉和崇敬的极少数中国人之一。

我由此想到，这样一位受到许多国家人民崇敬的中国人，今天在自己的国家还有多少人真正知道他？今天许多中国人只知道电视剧上那个娱乐化的唐僧，不知道历史上真实的玄奘，懂得他的伟大的人就更少了。一个民族倘若不懂得尊敬自己历史上的精神伟人，就不可能对世界文化做出新的贡献。应该说，忘记玄奘是可耻的。

中国人缺少什么

——1999 年在北京大学的演讲

一

对百年文化反省的一个反省：什么逃脱了反省反而成了反省的前提？

尼采有一篇文章，那篇文章的题目是《德国人缺少什么》。遗憾的是，尼采讲这样的题目用不着做譬如说德国与东方或者德国与英国之类的比较，他只是把德国的现状与他心目中的标准做一个比较，然后直截了当地说出他的批评意见来。而一个中国人讲《中国人缺少什么》这样的题目，似乎理所当然地就成了一个所谓中西文化比较的题目。事实上，中国人也的确是在西方的冲击下才开始反省自己的弱点的。我们本来是一个没有反省习惯的民族，从来以世界的中央自居，不把夷狄放在眼里。如果不是鸦片战争以来不断挨打，我们到今天也不会想到要反省。不过，挨打之后，我们也真着急了，反省得特别用力，以至于以中西比较为背景的文化反省成了二十世纪中国思想界说得最多的话题。该说的话好像都说过了，再说就不免老调重弹，所以我从来不参加这类讨论。

也许由于我始终与这个话题保持着一个距离，因此，当我现在来面对它的时候，我就获得了一个与身在其中的人不同的角度。我在想：百年来的文化反省本身是否也是一个需要反省的对象呢？我发现情况确实如此。我已经说过，我们是因为挨打而开始反省的，反省是为了寻找挨打的原因，改变挨打的状态。之所以挨打，明摆着的原因是中国贫弱，西方国家富强。所以，必须使中国富强起来。于是，富强成了二十世纪中国的主题。为了富强，中国的先进分子便向西方去寻求真理。所谓寻求真理，就是寻求西方国家富强的秘诀，寻求使中国富强起来的法宝。这种秘诀和法宝，在洋务派看来是先进的技术和武器，所谓“西洋奇器”和“坚船利炮”，在维新派和革命派看来是西方的政治制度，即君主立宪或共和，在新文化运动看来是科学和民主。当然，你可以说认识是在一步步深入，但是，基本的出发点未变，就是把所要寻求的真理仅仅看作实现国家富强之目标的工具，与此相应，反省也只局限在那些会妨碍我们富强的弱点上。我不能说这样的出发点完全不对，不妨说是形势逼人，不得不然。可是，在这样的寻求真理和这样的反省中，中国文化传统中的一个严重弱点不但逃脱了反省，而且成了不可动摇的前提，这个弱点就是重实用价值而轻精神价值。

二

以严复为例：用实用眼光向西方寻求真理

我以严复为例来说明我的看法。严复是一个适当的例子，他是百年来中国人向西方寻求真理的先行者和杰出代表，其影响覆盖了世纪初整整一代中国知识分子。他的高明之处在于，他首先认识到西方的政治制度不是凭空建立的，而有其哲学上的根据，应该把这些哲学也引进来。但是，即使是他，或者说，特别是他，亦是用实用眼光去寻求真理的。

大家知道，在上世纪末本世纪初，严复翻译了八部西方名著。关于他的翻译，我想提示两点。第一，他引进的主要是英国的社会哲学，之所以引进，除了他在英国留学这个经历上的原因外，最主要的是因为他有强烈的社会关切，在他看来，斯宾塞的进化论社会哲学是警醒国人起来求富强的合适的思想武器。第二，他翻译的方式是意译和节译，通过这个方式，他舍弃乃至歪曲了他理解不了的或不符合他的需要的内容，更加鲜明地贯彻了求富强这个意图。

举一个例子。在他的译著中，有约翰·穆勒的《论自由》，他译作《群己权界论》。这部著作的主旨是要确定社会对于个人的合法权利的限度，为个人自由辩护。在书中，穆勒反复强调的一个论点是：个人自由本身就是好的，就是目的，是人类幸福不可或缺的因素，它使得人类的生活丰富多样，生气勃勃。书中有一句话准确表达了他的出发点："一个人自己规划其存在的方式总是最好的，不是因为这方式本身算最好，而是因为这是他自己的方式。"

事实上，肯定个人本身就是价值，个人价值的实现本身就是目的，这个论点是西方自由主义思想的核心。无论是洛克、约翰·穆勒以及严复最信服的斯宾塞等人的古典自由主义，还是以罗尔斯、哈耶克为代表的当代自由主义，都是把个人自由看作独立的善。罗尔斯正义论的第一原则就是自由优先，他认为较大的经济利益和社会利益不能构成接受较小的自由的充足理由。他还强调，自尊即个人对自己价值的肯定是最重要的基本善。哈耶克则反复阐明，个人自由是原始意义上的自由，不能用诸如政治自由、内在自由、作为能力的自由等具体的自由权利来混淆它的含义。

可是，在严复的译著里，这个核心不见了。在他所转述的英国自由主义理论（见约翰·穆勒《群己权界论》和斯宾塞《群学肄言》）中，个人自由成了一种手段，其价值仅仅在于，通过个人能力的自由发展和竞争，可以使进化过程得以实现，从而导致国家富强。

与德国哲学相比，英国哲学本来就偏于功利性，而严复在引进的时候，又把本来也具有的精神性割除了，结果只剩下了功利性。只要把真理仅仅当作求富强的工具，而不同时和首先也当作目的本身，这种情况的发生就是不可避免的。因为这样一来，一方面，必定会对人家理论中与求富强的目的无关的那些内容视而不见，另一方面，即使看见了，也会硬把它们塞进求富强这个套路中去。

这个例子十分典型，很能说明当时中国思想界的主流倾向。究其原因，只能从我们重实用的文化传统和国民性中去找。由于重实用，所以一接触西方哲学，就急于从里面找思想武器，而不是首先把人家的理论弄清楚。中国人是很少有纯粹的理论兴趣的，对于任何理论，都是看它能否尽快派上用场而决定取舍。在世纪初的这班人里，严复算是好的，他毕竟读了一些西方原著，其他人如康有为、梁启超、谭嗣同、章太炎辈基本上是道听途说（只看日本人的第二手材料），然后信口开河（将听来的个别词句随意发挥，与佛学、中国哲学、西方其他哲学片断熔于一炉），为我所用。也由于重实用，所以对于西方哲学中最核心的部分，即涉及形而上学和精神关切的内容，就读不懂也接受不了。在中国人的心目中，一般没有精神价值的地位。无论什么精神价值，包括自由、公正、知识、科学、宗教、真、善、美、爱情等等，非要找出它们的实用价值，非要把它们归结为实用价值不可，否则就不承认它们是价值。

我不否认，中国有一些思想家对于人的精神问题也相当重视，例如严复提出要增进“民德”，梁启超鼓吹要培育“新民”，鲁迅更是孜孜不倦地呼吁要改造“国民性”。但是，第一，在他们那里，个人不是被看作个人，而是被看作“国民”，个人精神素质之受到重视只因为它是造成民族和国家素质的材料。第二，他们对于精神层面的重视往往集中于甚至局限于道德，而关注道德的出发点仍是社会的改造。因此，在我看来，其基本思路仍不脱社会功利，个人精神的独立价值始终落在视野外面。

三

王国维：重视精神价值的一个例外

那么，有没有例外呢？有的，而且可以说几乎是唯一的一个例外。正因为此，他不是一个幸运的例外，而是一个不幸的例外；不是一个成功的例外，而是一个失败的例外。在世纪初的学者中，只有这一个人为精神本身的神圣和独立价值辩护，并立足于此而尖锐批评了中国文化和中国民族精神的实用品格。但是，在当时举国求富强的呐喊声中，他的声音被完全淹没了。

我想从一件与北大多少有点关系的往事说起。两年前，北大热闹非凡地庆祝了它的百年大典。当时，纯种的北大人或者与北大沾亲带故的不纯种的北大人纷纷著书立说，登台演讲，慷慨陈词，为北大传统正名。一时间，蔡元培、梁启超、胡适、李大钊、蒋梦麟等人的名字如雷贯耳，人们从他们身上发现了正宗的北大传统。可是，北大历史上的这件在我看来也很重要的往事好像没有人提起，我相信这肯定不是偶然的。

北大的历史从 1898 年京师大学堂成立算起。1903 年，清政府批准了由张之洞拟定的《奏定学堂章程》，这个章程就成了办学的指导方针。章程刚出台，就有一个小人物对它提出了尖锐的挑战。这个小人物名叫王国维，现在我们倒是把他封作了国学大师，但那时候他只是上海一家小刊物《教育世界》杂志的一个青年编辑，而且搞的不是国学，而是德国哲学。当时，他在自己编辑的这份杂志上发表了一系列文章，批评张之洞拟定的章程虽然大致取法日本，却唯独于大学文科中削除了哲学一科。青年王国维旗帜鲜明地主张，大学文科必须设立哲学专科和哲学公共课。他所说的哲学是指西方哲学，在他看来，西方哲学才是纯粹的哲学，而中国最缺少，因此最需要从西方引进的正是纯粹的哲学。

王国维是通过钻研德国哲学获得关于纯粹的哲学的概念的。在二十世纪初，整个中国思想界都热衷于严复引进的英国哲学，唯有他一人醉心于德国哲学。英国哲学重功利、重经验知识，德国哲学重思辨、重形而上学，这里面已显示了他的与众不同的精神取向。他对德国哲学经典原著真正下了苦功，把康德、叔本华的主要著作都读了。《辩证理性批判》那么难懂的书，他花几年时间读了四遍，终于读懂了。在我看来，他研究德国哲学最重要的成就不在某些枝节问题上，诸如把叔本华美学思想应用于《红楼梦》研究之类，许多评论者把眼光集中于此，实在是舍本求末。最重要的是，通过对德国哲学的研究，他真正进入了西方哲学的问题之思路，领悟了原本意义上的哲学即他所说的纯粹的哲学应该是什么样子的。

王国维所认为的纯粹的哲学是什么样子的呢？简单地说，哲学就是形而上学，即对宇宙人生做出解释，以解除我们灵魂中的困惑。他由哲学的这个性质得出了两个极重要的推论。其一，既然哲学寻求的是“天下万世之真理，而非一时之真理”，那么，它的价值必定是非实用的，不可能符合“当世之用”。但这不说明它没有价值，相反，它具有最神圣、最尊贵的精神价值。“无用之用”胜于有用之用，精神价值远高于实用价值，因为它满足的是人的灵魂的需要，其作用也要久远得多。其二，也正因此，坚持哲学的独立品格便是哲学家的天职，决不可把哲学当作政治和道德的手段。推而广之，一切学术都如此，唯以求真为使命，不可用作其他任何事情的手段，如此才可能有“学术之发达”。

用这个标准衡量，中国没有纯粹的哲学，只有政治哲学、道德哲学，从孔孟起，到汉之贾、董，宋之张、程、朱、陆，明之罗、王，都是一些政治家或想当而没有当成的人。不但哲学家如此，诗人也如此。所谓“诗外尚有事在”“一命为文人，无足观矣”，是中国人的金科玉律。中国出不了大哲学家、大诗人，原因就在这里。

尤使王国维感到愤恨的是，当时的新学主流派不但不通过引进西方的精神文明来扭转中国文化的实用传统，反而把引进西学也当成了实现政治目的或实利目的的工具，使得中国在这方面发生改变的转机也丧失了。他沉痛地指出：政治家、教育家们昏昏然输入泰西的物质文明，实际上，中国在精神文明上与西方的差距更大。中国无纯粹的哲学，无固有之宗教，无足以代表全国民之精神的大文学家，如希腊之荷马、英之莎士比亚、德之歌德者。精神文明的建设无比困难："夫物质的文明，取诸他国，不数十年而具矣，独至精神上之趣味，非千百年之培养，与一二天才之出，不及此。"精神文明原本就弱，培养起来又难，现在只顾引进西洋物质文明，精神文明的前景就更加堪忧了。

四

中西比较：对精神价值的态度

这么看来，对于"中国人缺少什么"这个问题，在二十世纪初已经有了两种相反的答案。一种是王国维的答案，认为最缺的是精神文明。另一种是除王国维以外几乎所有人的答案，认为最缺的是物质文明，即富强，以及为实现富强所必需的政治制度和思想武器。至于精神文明，他们或者还来不及去想，或者干脆认为中国已经充分具备。事实上，他们中的大多数人或早或晚都得出了一个共同的结论，说西方是物质文明发达，中国是精神文明发达，甚至是全世界最发达的。直到今天，还有人宣布，中国的精神文明全世界第一，并且承担着拯救世界的伟大使命，二十一世纪将是中国世纪云云。

当然，在这两种不同答案中，对于精神文明的理解是完全不同的。在王国维看来，精神文明的核心是对精神价值的尊敬，承认精神有物质不可比拟的神圣价值和不可用物质尺度来衡量的独立价值，一个民族精神文明的成就体现为它在哲学、宗教、文学、艺术上所达到的高度。而其他人所说的精神文明，基本上是指儒家的那一套道德学说，其成就体现为社会的稳定。

你们一定已经想到，我是赞成王国维的答案的。在我看来，中国人缺少对精神价值的尊敬，从而也缺少对守护和创造了精神价值的人的尊敬，这是明显的事实。我暂时先提一下这方面最直观的一个表现。在欧洲国家，任何一个城镇的居民最引以为自豪的事情是，曾经有某某著名的哲学家、艺术家、学者在那里生活过，或者居住过一些日子，他们必会精心保存其故居，挂上牌子注明某某何时在此居住。我在海德堡看到，这个仅几万人口的小城，这样精心保存的故居就有数十处。在巴黎先贤祠正厅里只安放了两座精美的墓，分别葬着伏尔泰和卢梭。如果不算建祠时葬在这里的法国大革命时期的一些政治家和军人，进入先贤祠的必是大哲学家、大文学家、大科学家，总统之类是没有资格的。想一想即使在首都北京保存了几处文化名人故居，想一想什么人有资格进入八宝山的主体部分，我们就可知道其中的差别了。

五

从头脑方面看中国人缺少精神性

说我们不重视精神本身的价值，这是一个婉转的说法。换一个直截了当的说法，我要说中国人、中国文化缺少精神性，或者说精神性相当弱。所谓精神性，包括理性和超越性两个层次。理性属于头脑，超越性属于灵魂。所以，精神性之强弱，可以从头脑和灵魂两个层次来看。

精神性的一个层次是理性。通俗地说，有理性即有自己的头脑。所谓有自己的头脑，就是在知识的问题上认真，一种道理是否真理，一种认识是否真知，一定要追问其根据。从总体上看，西方人在知识的根据问题上非常认真，而我们则比较马虎。

熟悉西方哲学史的人一定知道，西方哲学家们极关注知识的可靠性问题，尤其是近代以来，这方面的讨论成了西方哲学的主题。如果要对人类知识的根据追根究底，就会发现其可靠性面临着两大难题：第一，如果说与对象符合的认识才是真知，可是对象本身又永远不能在我们意识中出现，一旦出现就成了我们的认识，那么，我们如何可能将二者比较而判断其是否符合？第二，我们承认经验是知识的唯一来源，同时我们又相信在人类的知识中有一种必然的普遍的知识，它们不可能来自有限的经验，那么，它们从何而来？康德以来的许多西方哲学家之所以孜孜于要解决这两个难题，就是想把人类的知识建立在一个完全可靠的基础上，否则就放心不下。相反，中国的哲学家对这类问题不甚关心，在中国哲学史上，从总体上怀疑知识之可靠性的只有庄子，但基本上没有后继者。知识论是中国传统哲学最薄弱的环节之一，即使讨论也偏于知行关系问题。宋明时期算是最重视知识论的，可是所讨论的知识也偏于道德认识，即所谓“德行之知”。程、朱的格物致知的“知”，陆、王的尽心穷理的“理”，皆如此，分歧只在悟道的途径。

在哲学之外的情况也是这样。在西方，具有纯粹的思想兴趣、学术兴趣、科学研究兴趣的人比较多，他们在从事研究时只以真知为目的而不问效用，正是在他们中产生了大思想家、大学者、大科学家。中国则少有这样的人。以效用为目的的研究是很难深入下去的，一旦觉得够用，就会停下来。同时，唯有层层深入地追问根据，才能使理论思维趋于严密，而由于中国人不喜追根究底，满足于模棱两可、大而化之，所以理论思维不发达。此外，本来意义上的热爱真理也源于在知识问题上的认真，因为认真，所以对于自己所求得的真知必须坚持，不肯向任何外来的压力（政府、教会、学术权威、舆论、时尚）屈服。中国曾经有过许多为某种社会理想献身的革命烈士，但不容易出像苏格拉底这样为一个人生真理牺牲的哲学烈士，或像布鲁诺这样为一个宇宙真理牺牲的科学烈士。

六

从灵魂方面看中国人缺少精神性

精神性的另一个层次是超越性。通俗地说，有超越性即有自己的灵魂。所谓有自己的灵魂，就是在人生的问题上认真，人为何活着，怎样的活法好，一定要追问其根据，自己来为自己的生命寻求一种意义，自己来确定在世间安身立命的原则和方式，决不肯把只有一次的生命糊涂地度过。而一个人如果对人生的根据追根究底，就不可避免地会面临诸如死亡与不朽、世俗与神圣之类根本性的问题，会要求以某种方式超越有限的肉体生命而达于更高的精神存在。从总体上看，我们在生命的根据问题上也远不如西方人认真。

有人说，人生哲学是中国哲学的最大成就，中国哲学在这个方面非常丰富和深刻，为世界之最。从比重看，人生哲学的确是中国哲学的主体部分，而在西方哲学中则好像没有这么重要的地位。若论人生思考的丰富和深刻，我仍觉得中国不及西方。我想着重指出一点：中西人生思考的核心问题是不同的。西方人的人生思考的核心问题是：为什么活？或者说，活着有什么根据，什么意义？这是一个人面对宇宙大全时向自己提出的问题，它要追问的是生命的终极根据和意义。所以，西方的人生哲学本质上是灵魂哲学，是宗教。中国人的人生思考的核心问题是：怎么活？或者说，怎样处世做人，应当用什么态度与别人相处？这是一个人面对他人时向自己提出的问题，它要寻求的是妥善处理人际关系的准则。所以，中国的人生哲学本质上是道德哲学，是伦理。

为什么会有这样的差异呢？我推测，很可能是因为对死抱着不同的态度。对西方人来说，死是一个头等重要的人生问题，因为在他们看来，死使人生一切价值面临毁灭的威胁，不解决这个问题，人生其余问题便无从讨论起。苏格拉底和柏拉图把哲学看作预习死的一种活动。自古希腊开始，西方哲学具有悠久的形而上学传统，即致力于寻求和建构某种绝对的精神性的宇宙本体，潜在的动机就是使个人灵魂达于某种意义上的不死。至于在基督教那里，所谓上帝无非是灵魂不死的保证罢了。中国人却往往回避死的问题，认为既然死不可逃避，就不必讨论，讨论了也没有用处。在这个问题上，哲学家的态度和老百姓一样朴素，所以孔子说："未知生，焉知死。"庄子"以死生为一条"，抱的也是回避的态度。从死不可避免来说，对死的思考的确没有用处，但不等于没有意义，相反具有深刻的精神意义。事实上，对死的思考不但不关闭，反而敞开了人生思考，把它从人生内部事务的安排引向超越的精神追求，促使人为生命寻找一种高于生命本身的根据和意义。相反，排除了死，人生思考就只能局限于人生内部事务的安排了。中国之缺少形而上学和宗教，原因在此。儒家哲学中的宇宙论远不具备形而上学的品格，仅是其道德学说的延伸，然后又回过头来用作其道德学说的论证。所谓"天人合一"，无非是说支配着宇宙和人伦的是同一种道德秩序罢了。

由于同样的原因，我们中国人缺少真正的宗教感情。当一个人的灵魂在茫茫宇宙中发现自己孤独无助、没有根据之时，便会在绝望中向更高的存在呼唤，渴望世界有一种精神实质并且与之建立牢固的联系。这就是本来意义的宗教感情，在圣奥古斯丁、帕斯卡、克尔恺郭尔、托尔斯泰身上可以看见其典型的表现。我们对这样的感情是陌生的。我们也很少有真正意义上的灵魂生活，很少为纯粹精神性的问题而不安和痛苦，很少执着于乃至献身于某种超越性的信念。因此，我们中很难产生精神圣徒，我们的理想人格是能够恰当处理人际关系的君子。也因此，我们缺少各种各样的人生试验者和精神探险家，我们在精神上容易安于现状，我们的人生模式容易趋于雷同。

总体来说，我们缺少头脑的认真和灵魂的认真，或者说，缺少广义的科学精神和广义的宗教精神。

七

其他弱点可追溯到精神性的缺少

我们在其他方面的弱点往往可以在精神性之缺乏中找到根源，或至少找到根源之一。

例如，为什么我们不把个人自由本身看作价值和目的，而仅仅看作手段呢？道理很简单，如果一个人不觉得有必要用自己的头脑思考问题，思想自由对他就确实不重要；如果他不觉得有必要让自己的灵魂来给自己的人生做主，信仰自由对他就确实不重要。关于这一点，梁漱溟说得很传神：中国人“对于西方人的要求自由，总怀两种态度：一种是淡漠得很，不懂要这个做什么；一种是吃惊得很，以为这岂不乱天下！”另一面呢，“西方人来看中国人这般的不想要权利，这般的不拿自由当回事，也大诧怪的”。因为他们一定会觉得，一个人如果在对世界的看法和对人生的态度上都不能自己做主，活着还有什么意思。哈耶克确实告诉我们：自由之所以重要，正是因为人人生而不同，每个人的独特性是每个人的生命的独特意义之所在；而强制之所以可恶，正是因为它把人看成了没有自己的思想和自己的灵魂的东西。奇怪的是，在当前的哈耶克热中，人们对他的这种价值立场很少关注，往往把他的理论归结成了经济自由主义。

又例如，梁启超曾经提出一种很有代表性的意见，认为中国人在精神的层面上最缺少的是公德，即对社会的责任心。在我看来，其原因也可追溯到中国人缺少真正的灵魂生活和广义的宗教精神，因此而没有敬畏之心，没有绝对命令意义上的自律。我们不但不信神，而且不信神圣，即某种决不可侵犯的东西，一旦侵犯，人就不再是人，人的生命就丧失了最高限度和最低限度的意义。灵魂的严肃和丰富是一切美德之源，一个对自己生命的意义麻木不仁的人是不可能对他人有真正的同情之感、对社会有真正的责任心的。

我想再对中国知识分子问题说几句话。我常常听说，中国知识分子的弱点是缺乏社会承担和独立品格。据我看，表面上的社会承担并不缺，真正缺的是独立品格，而之所以没有独立品格，正是因为表面上的社会承担太多了，内在的精神关切太少了。我并不反对知识分子有社会责任心，但这种责任心若没有精神关切为底蕴，就只能是一种功利心。我们不妨把中国知识分子与俄国知识分子做一个比较。俄国知识分子在社会承担方面绝不亚于我们，他们中的许多人为此而被流放、服苦役，但是，他们同时又极关注灵魂问题，这使得他们能够真正作为思想家来面对社会问题。只要想一想赫尔岑、车尔尼雪夫斯基、陀思妥耶夫斯基、舍斯托夫等人，你们就会同意我的说法。一个人自己的灵魂不曾有过深刻的经历，则任何外部的经历都不可能使他深刻起来。

八

原因和出路

最后我想提出一个问题。应该说，人性在其基本方面是共通的。人是理性的动物，在此意义上，人人都有一个头脑，都有理性的认识能力。人是形而上学的动物，在此意义上，人人都有一个灵魂，都不但要活而且要活得有意义。这本来都属于共同的人性。事实上，无论西方还是中国，都有人对于知识的根据问题和人生的根据问题持认真态度，而特别认真的也都是少数。那么，为什么在西方，人性中这些因素会进入民族性之核心，并成为一种文化传统，而在中国却不能呢？我承认，对这个问题，我尚未找到一个满意的答案。我相信，造成这种差别的原因必是复杂的。不管怎样，作为综合的结果，中国文化已经形成了其实用品格。值得注意的是，一旦形成之后，这种文化便具有了一种淘汰机制，其发生作用的方式是：对实用性予以鼓励，纳入主流和传统之中，对精神性则加以排斥，使之只能成为主流和传统之外的孤立现象。

王国维的遭遇便是一个典型例证。在他的个性中，有两点鲜明的特质。一是灵魂的认真，早已思考人生的意义问题并产生了困惑。

二是头脑的认真，凡事不肯苟且马虎，必欲寻得可靠的根据。这两点特质结合起来，为灵魂的问题寻求理性的答案的倾向，表明他原本就是一个具备哲学素质的人。因此，他与德国哲学一拍即合就完全不是偶然的了。可是，他对哲学的这种具有强烈精神性的关注和研究在当时几乎无人理睬，与严复的实用性的译介之家喻户晓势成鲜明对照。他后来彻底钻进故纸堆，从此闭口不谈西方哲学乃至一切哲学，我认为应该从这里来找原因。在他的沉默和回避中，我们应能感觉到一种难言的沉痛和悲哀。可以说，淘汰机制的作用迫使他从较强的精神性退回到了较弱的精神性上来。

这里有一个恶性循环：精神性越被淘汰，实用品格就越牢固；实用品格越牢固，精神性就越被淘汰。出路何在？依我看，唯有不要怕被淘汰！本来，怕被淘汰就是一种实用的计算。如果你真的有纯粹精神性追求的渴望，你就应该坚持。我希望中国有更多立志从事纯哲学、纯文学、纯艺术、纯学术的人，即以精神价值为目的本身的人。由于我们缺乏这方面的整体素质和传统资源，肯定在很长时间里不能取得伟大成就，出不了海德格尔、卡夫卡、毕加索，这没有关系。而且，如果你是为了成为海德格尔、卡夫卡、毕加索才去从事这些，你就太不把精神价值当作目的而是当作手段了，你的确最好趁早去做那些有实用价值的事。我相信，坚持纯粹精神性追求的人多了，也许在几代人之后，我们民族的精神素质会有所改观，也许那时候我们中就会产生出世界级的大哲学家和大诗人了。

第七章

以尊严的方式承受苦难

人生的本质绝非享乐，而是苦难，
是要在无情宇宙的一个小小角落里奏响生命的凯歌。

正视苦难

我们总是想，今天如此，明天也会如此，生活将照常进行下去。

然而，事实上迟早会有意外事件发生，打断我们业已习惯的生活，总有一天，我们的列车会突然翻出轨道。

“天有不测风云”——不测风云乃天之本性，“人有旦夕祸福”——旦夕祸福是无所不包的人生的题中应有之义，任何人不可心存侥幸，把自己独独看作例外。

人生在世，总会遭受不同程度的苦难，世上并无绝对的幸运儿。所以，不论谁想从苦难中获得启迪，该是不愁缺乏必要的机会和材料的。世态炎凉，好运不过尔耳。那种一交好运就得意忘形的浅薄者，我很怀疑苦难能否使他们变得深刻一些。

人生的本质绝非享乐，而是苦难，是要在无情宇宙的一个小小角落里奏响生命的凯歌。

喜欢谈论痛苦的往往是不识愁滋味的少年，而饱尝人间苦难的老年贝多芬唱起了《欢乐颂》。

年少时，我们往往容易无病呻吟，夸大自己的痛苦，甚至夸耀自己的痛苦。究其原因，大约有二。其一，是对人生的无知，没有经历过大痛苦，就把一点小烦恼当成了大痛苦。其二，是虚荣心，在文学青年身上尤其突出，把痛苦当作装饰和品位，显示自己的与众不同。只是到了真正饱经沧桑之后，我们才明白，人生的小烦恼是不值得说的，大痛苦又是不可说的。我们把痛苦当作人生本质的一个组成部分接受下来，带着它继续生活。如果一定要说，我们就说点别的，比如天气。辛弃疾词云："却道天凉好个秋"——这个结尾意味深长，是不可说之说，是辛酸的幽默。

一个人只要真正领略了平常苦难中的绝望，就会明白，一切美化苦难的言辞是多么浮夸，一切炫耀苦难的姿态是多么做作。

不要对我说：苦难净化心灵，悲剧使人崇高。默默之中，苦难磨钝了多少敏感的心灵，悲剧毁灭了多少失意的英雄。何必用舞台上的绘声绘色，来掩盖生活中的无声无息！

浪漫主义在痛苦中发现了美感，于是为了美感而寻找痛苦，夸大痛苦，甚至伪造痛苦。然而，假的痛苦有千百种语言，真的痛苦却没有语言。

事实上，我们平凡生活中一切真实的悲剧都仍然是平凡生活的组成部分，平凡性是它们的本质，诗意的美化必然导致歪曲。

我们不是英雄。我们只是忍受着人间寻常苦难的普通人。

人生中有的遭遇是没有安慰也没有补偿的，只能全盘接受。我为接受找到的唯一理由是，人生在总体上就是悲剧，因此就不必追究细节的悲惨了。塞内加在相似意义上说：“何必为部分生活而哭泣？君不见，全部人生都催人泪下。”

如同肉体的痛苦一样，精神的痛苦也是无法分担的。别人的关爱至多只能转移你对痛苦的注意力，却不能改变痛苦的实质。甚至在一场共同承受的苦难中，每人也必须独自承担自己的那一份痛苦，这痛苦并不因为有一个难友而有所减轻。

苦难与生命意义

幸福是生命意义得到实现的鲜明感觉。一个人在苦难中也可以感觉到生命意义的实现乃至最高的实现，因此苦难与幸福未必是互相排斥的。但是，在更多的情况下，人们在苦难中感觉到的是生命意义的受挫。我相信，即使是这样，只要没有被苦难彻底击败，苦难仍会深化一个人对于生命意义的认识。

对一个视人生感受为最宝贵财富的人来说，欢乐和痛苦都是收入，他的账本上没有支出。这种人尽管敏感，却有很强的生命力，因为在他眼里，现实生活中的祸福得失已经降为次要的东西，命运的打击因心灵的收获而得到了补偿。陀思妥耶夫斯基在赌场上输掉的，在他描写赌徒心理的小说中极其辉煌地赢了回来。

任何智慧都不能使我免于痛苦，我只愿有一种智慧足以使我不毁于痛苦。

生命中那些最深刻的体验必定也是最无奈的，它们缺乏世俗的对应物，因而不可避免地会被日常生活的潮流淹没。当然，淹没并不等于不存在了，它们仍然存在于日常生活所触及不到的深处，成为每一个人既无法面对也无法逃避的心灵暗流。

当生活中的小挫折彼此争夺意义时，大苦难永远藏在找不到意义的沉默的深渊里。认识到生命中的这种无奈，我看自己、看别人的眼光便宽容多了，不会再被喧闹的表面现象所迷惑。

人天生是软弱的，唯其软弱而犹能承担起苦难，才显出人的尊严。

我厌恶那种号称铁石心肠的强者，蔑视他们一路旗开得胜的骄横。只有以软弱的天性勇敢地承受着寻常苦难的人们，才是我的兄弟姐妹。

知道痛苦的价值的人，不会轻易向别人流露和展示自己的痛苦，哪怕是最亲近的人。

以尊严的方式承受苦难

面对社会悲剧，我们有理想、信念、正义感、崇高感支撑着自己，我们相信自己在精神上无比优越于迫害乃至毁灭我们的恶势力，因此我们可以含笑受难，慷慨赴死。我们是舞台上的英雄，哪怕眼前这个剧场里的观众全都浑浑噩噩，是非颠倒，我们仍有勇气把戏演下去，演给我们心目中绝对清醒公正的观众看，我们称这观众为历史、上帝或良心。

可是，面对自然悲剧，我们有什么呢？这里没有舞台，只有空漠无际的苍穹。我们不是英雄，只是朝生暮死的众生。任何人间理想都抚慰不了生、老、病、死的悲哀，在天灾人祸面前也谈不上什么正义感。当史前人类遭受大洪水的灭顶之灾时，当庞贝城居民被维苏威火山的岩浆吞没时，他们能有什么慰藉呢？地震、海啸、车祸、空难、瘟疫、绝症……大自然的恶势力轻而易举地把我们或我们的亲人毁灭。我们面对的是没有灵魂的敌手，因而不能以精神的优越自慰，却越发感到生命的卑微。没有上帝来拯救我们，因为这灾难正是上帝亲手降下。我们愤怒，但无处泄愤；我们冤屈，但永无申冤之日；我们反抗，但我们的反抗孤立无助，注定失败。

然而，我们未必因此倒下。也许，没有浪漫气息的悲剧是我们最本质的悲剧，不具英雄色彩的勇气是我们最真实的勇气。在无可告慰的绝望中，我们咬牙挺住。我们挺立在那里，没有观众，没有证人，也没有期待，没有援军。我们不倒下，仅仅是因为我们不肯让自己倒下。我们以此维护了人最高的也是最后的尊严——人在大自然（=神=虚无）面前的尊严。

面对无可逃避的厄运和死亡，绝望的人在失去一切慰藉之后，总还有一个慰藉，便是在勇敢承受命运时的尊严感。由于降灾于我们的不是任何人间的势力，而是大自然本身，因此，在我们的勇敢中体现出的是人的最高尊严——人在神面前的尊严。

我相信人有素质的差异。苦难可以激发生机，也可以扼杀生机；可以磨炼意志，也可以摧垮意志；可以启迪智慧，也可以蒙蔽智慧；可以高扬人格，也可以贬抑人格，全看受苦者的素质如何。素质大致规定了一个人承受苦难的限度，在此限度内，苦难的锤炼或可助人成才，超出此则会把人击碎。

这个限度对幸运同样适用。素质好的人既能承受大苦难，也能承受大幸运，素质差的人则可能兼毁于两者。

痛苦是性格的催化剂，它使强者更强、弱者更弱、暴者更暴、柔者更柔、智者更智、愚者更愚。

人得救靠本能

习惯、疲倦、遗忘、生活琐事……苦难有许多貌不惊人的救星。人得救不是靠哲学和宗教，而是靠本能，正是生存本能使人类和个人历经劫难而免于毁灭，各种哲学和宗教的安慰也无非是人类生存本能的自勉罢了。

人都是得过且过，事到临头才真急。达摩克利斯之剑悬在头上，仍然不知道疼。砍下来，只要不死，好了伤疤又忘了疼。最拗不过的是生存本能以及由之产生的日常生活琐事，正是这些琐事分散了人对苦难的注意力，使苦难者得以休养生息，走出泪谷。

在《战争与和平》中，娜塔莎一边守护着弥留之际的安德烈，一边在编一只袜子。她爱安德烈胜于世上的一切，但她仍然不能除了等心上人死之外什么事也不做。一事不做地坐等一个注定的灾难发生，这种等实在荒谬，与之相比，灾难本身反倒显得比较好忍受一些了。

只要生存本能犹在，人在任何处境中都能为自己编织希望，哪怕是极可怜的希望。陀思妥耶夫斯基笔下的终身苦役犯，服刑初期被用铁链拴在墙上，可他们照样有他们的希望：有朝一日能像别的苦役犯一样，被允许离开这堵墙，戴着脚镣走动。如果没有任何希望，没有一个人能够活下去。即使是最彻底的悲观主义者，他们的彻底也仅是理论上的，在现实生活中，生存本能仍然驱使他们不断受小小的希望鼓舞，从而能忍受这遭到他们否定的人生。

请不要责备“好了伤疤忘了疼”。如果生命没有这样的自卫本能，人如何还能正常地生活，世上还怎会有健康、勇敢和幸福？古往今来，天灾人祸，留下过多少伤疤，如果一一记住它们的疼痛，人类早就失去了生存的兴趣和勇气。人类是在忘却中前进的。

对于一切悲惨的事情，包括我们自己的死，我们始终是又适应又不适应，有时悲观有时达观，时而清醒时而麻木，直到最后都是如此。说到底，人的忍受力和适应力是惊人的，几乎能够在任何境遇中活着，或者——死去，而死也不是不能忍受和适应的。到死时，不适应也适应了，不适应也无可奈何了，不适应也死了。

身处一种旷日持久的灾难之中，为了同这灾难拉开一个心理距离，可以有种种办法。乐观者会尽量“朝前看”，把眼光投向雨过天晴的未来，看到灾难的暂时性，从而怀抱一种希望。悲观者会尽量居高临下地“俯视”灾难，把它放在人生虚无的大背景下来看，看破人间祸福的无谓，从而产生一种超脱的心境。倘若我们既非乐观的诗人，亦非悲观的哲人，而只是得过且过的普通人，我们仍然可以甚至必然有意无意地掉头不看眼前的灾难，尽量把注意力放在生活中尚存的别的欢乐上，哪怕是些极琐屑的欢乐，只要我们还活着，这类欢乐是任何灾难都不能把它们彻底消灭掉的。所有这些办法，实质上都是逃避，而逃避常常是必要的。

如果我们骄傲得不肯逃避，或者沉重得不能逃避，怎么办呢？

剩下的唯一办法是忍。

我们终于发现，忍受不可忍受的灾难是人类的命运。接着我们又发现，只要咬牙忍受，世上并无不可忍受的灾难。

古人曾云：忍为众妙之门。事实上，对于人生种种不可躲避的灾祸和不可改变的苦难，除了忍，别无他法。忍也不是什么妙法，只是非如此不可罢了。不忍又能怎样？所谓超脱，不过是寻找一种精神上的支撑，从而较能够忍，并非不需要忍了。一切透彻的哲学解说都改变不了任何一个确凿的灾难事实。佛教教人看透生、老、病、死之苦，但并不能消除生、老、病、死本身，苦仍然是苦，无论怎么看透，身受时还是得忍。

当然，也有忍不了的时候，结果是肉体的崩溃——死亡，精神的崩溃——疯狂，最糟则是人格的崩溃——从此萎靡不振。

如果不想毁于灾难，就只能忍。忍是一种自救，即使自救不了，至少也是一种自尊。以从容平静的态度忍受人生最悲惨的厄运，这是处世做人的基本功夫。

定理一：人是注定要忍受不可忍受的苦难的。由此推导出定理二：所以，世上没有不可忍受的苦难。

对于人生的苦难，除了忍，别无他法。一切透彻的哲学解释不能改变任何一个确凿不移的灾难事实。例如面对死亡，最好的哲学解释至多只能解除我们对于恐惧的恐惧，而不能解除恐惧本身，因为这后一层恐惧属于本能，我们只能带着它接受宿命。

人生无非是等和忍的交替。有时是忍中有等，绝望中有期待。到了一无可等的时候，就最后忍一忍，大不了是一死，就此彻底解脱。

我们不可能持之以恒地为一个预知的灾难结局悲伤。悲伤如同别的情绪一样，也会疲劳，也需要休息。

以旁观者的眼光看死刑犯，一定会想象他们无一日得安生，其实不然。因为，只要想一想我们自己，谁不是被判了死刑的人呢？

人生难免遭遇危机，能主动应对当然好，若不能，就忍受它，等待它过去吧。

身陷任何一种绝境，只要还活着，就必须把绝境也当作一种生活，接受它的一切痛苦，也不拒绝它仍然可能有的任何微小的快乐。

身处绝境之中，最忌讳的是把绝境与正常生活进行对比，认为它不是生活，这样会一天也忍受不下去。如果要做对比，干脆放大尺度，把自己的苦难放到宇宙的天平上去称一称。面对宇宙，一个生命连同它的痛苦皆微不足道，可以忽略不计。

苦难中的智慧

人生的重大苦难都起于关系。对付它的方法之一便是有意识地置身于关系之外，和自己的遭遇拉开距离。例如，在失恋、亲人死亡或自己患了绝症时，就想一想恋爱关系、亲属关系乃至自己的生命的纯粹偶然性，于是获得一种类似解脱的心境。佛教的因缘说庶几近之，然而，毕竟身在其中，不是想跳就能跳出来的。无我的空理易明，有情的尘缘难断。认识到因缘的偶然是一回事，真正看破因缘又是一回事。所以，佛教要建立一套烦琐复杂的戒律，借以把它的哲学观念转化为肉体本能。

着眼于过程，人生才有幸福或痛苦可言。以死为背景，一切苦乐祸福的区别都无谓了。因此，当我们身在福中时，我们尽量不去想死的背景，以免破坏眼前的幸福。一旦苦难临头，我们又尽量去想死的背景，以求超脱当下的苦难。

生命连同它的快乐和痛苦都是虚幻的——这个观念对于快乐是一个打击，对于痛苦未尝不是一个安慰。用终极的虚无淡化日常的苦难，用彻底的悲观净化尘世的哀伤，这也许是悲观主义的智慧吧。

面对苦难，我们可以用艺术、哲学、宗教的方式寻求安慰。在这三种场合，我们都是在想象中把自我从正在受苦的肉身凡胎中分离出来，立足于一个安全的位置上，居高临下地看待苦难。

艺术家自我对肉身说：你的一切遭遇，包括你正遭受的苦难，都只是我的体验。人生不过是我借造化之笔写的一部大作品，没有什么不可化作它的素材。我有时也许写得很投入，但我不会忘记，作品是作品，我是我，无论作品的某些章节多么悲惨，我依然是我。

哲学家自我对肉身说：我站在超越时空的最高处，看见了你所看不见的一切。我看见了你身后的世界，在那里你不复存在，你生前是否受过苦还有何区别？在我无边广阔的视野里，你的苦难稍纵即逝，微不足道，不值得为之动心。

宗教家自我对肉身说：你是卑贱的，注定受苦，而我将升入天国，永享福乐。

但正在受苦的肉身忍无可忍了，它不能忍受对苦难的贬低甚于不能忍受苦难，于是怒喊道："我宁愿绝望，不要安慰！"

一切偶像都沉默下来了。

离一种灾祸愈远，我们愈觉得其可怕，不敢想象自己一旦身陷其中会怎么样。但是，当我们真的身陷其中时，犹如落入台风中心，反倒有了一种意外的平静。

越是面对大苦难，就越要用大尺度去衡量人生的得失。在岁月的流转中，人生的一切祸福都是过眼云烟。在历史的长河中，灾难和重建是寻常经历。

不幸对一个人的杀伤力取决于两个因素，一是不幸的程度，二是对不幸的承受力。其中，后者更关键。所以，古希腊哲人如是说：不能承受不幸本身就是一种巨大的不幸。

承受不幸不仅是一种能力，来自坚强的意志，更是一种觉悟，来自做人的尊严、与身外遭遇保持距离的智慧，以及超越尘世遭遇的信仰。

人生最无法超脱的悲苦正是在细部，哲学并不能使正在流血的伤口止痛，对于这痛，除了忍受，我们别无办法。但是，我相信，哲学、宗教所启示给人的那种宏观的超脱仍有一种作用，就是帮助我们把自己从这痛中分离出来，不让这痛把我们完全毁掉。

面对苦难

人生在世，免不了要遭受苦难。所谓苦难，是指那种造成了巨大痛苦的事件和境遇。它包括个人不能抗拒的天灾人祸，例如遭遇乱世或灾荒，患危及生命的重病乃至绝症，挚爱的亲人死亡。也包括个人在社会生活中的重大挫折，例如失恋、婚姻破裂、事业失败。有些人即使在这两方面运气都好，未尝吃大苦，也无法避免那个所有人迟早都要承受的苦难——死亡。因此，如何面对苦难，是摆在每个人面前的重大人生课题。

人们往往把苦难看作人生中纯粹消极的、应该完全否定的东西。当然，苦难不同于主动的冒险，冒险有一种挑战的快感，而我们忍受苦难总是迫不得已的。但是，作为人生的消极面的苦难，它在人生中的意义也是完全消极的吗?

苦难与幸福是相反的东西，但它们有一个共同之处，就是都直接和灵魂有关，并且都牵涉到对生命意义的评价。在通常情况下，我们的灵魂是沉睡着的，一旦我们感到幸福或遭到苦难时，它便醒来了。如果说幸福是灵魂的巨大愉悦，这愉悦源自对生命美好意义的强烈感受，那么，苦难之所以为苦难，正在于它撼动了生命的根基，打击了人对生命意义的信心，因而使灵魂陷入了巨大痛苦。生命意义仅是灵魂的对象，对它无论是肯定还是怀疑、否定，只要是真切的，就必定是灵魂在出场。外部的事件再悲惨，如果它没有震撼灵魂，也没有成为一个精神事件，就称不上是苦难。一种东西能够把灵魂震醒，使之处于虽然痛苦却富有生机的紧张状态，应当说其必具有某种精神价值。

多数时候，我们是生活在外部世界里。我们忙于琐碎的日常生活，忙于工作、交际和娱乐，难得有时间想一想自己，也难得有时间想一想人生。可是，当我们遭到厄运时，我们忙碌的身子停了下来。厄运打断了我们所习惯的生活，同时也提供了一个机会，迫使我们与外界事物拉开了一段距离，回到了自己。只要我们善于利用这个机会，肯于思考，就会对人生获得一种新眼光。古罗马哲学家认为逆境启迪智慧，佛教把对苦难的认识看作觉悟的起点，都自有其深刻之处。人生固有悲剧的一面，对之视而不见未免肤浅。当然，我们要注意不因此而看破红尘。我相信，一个历尽坎坷而仍然热爱人生的人，他胸中一定藏着许多从痛苦中提炼的珍宝。

苦难不仅提高我们的认识，而且也提高我们的人格。苦难是人格的试金石，面对苦难的态度最能表明一个人是否具有内在的尊严。譬如失恋，只要失恋者真心爱那个弃他而去的人，他就不可能不感到极大的痛苦。但是，同为失恋，有的人因此自暴自弃、萎靡不振，有的人反目为仇，甚至行凶报复，有的人则怀着自尊和对他人感情的尊重，默默地忍受痛苦，其中便有人格上的巨大差异。当然，每个人的人格并非一成不变，他对痛苦的态度本身也在铸造他的人格。不论遭受怎样的苦难，只要他始终警觉他拥有采取何种态度的自由，并勉励自己以一种坚忍高贵的态度承受苦难，他就比任何时候都更加有效地提高着自己的人格。

凡苦难都具有不可挽回的性质。不过，在多数情况下，这只是指不可挽回地丧失了某种重要的价值，同时人生中毕竟还存在着别的一些价值，它们鼓舞着受苦者承受眼前的苦难。譬如说，一个失恋者即使已经对爱情完全失望，他仍然会为了事业或为了爱他的亲人活下去。但是，世上有一种苦难，不但本身不可挽回，而且意味着其余一切价值的毁灭，因而不可能从别的方面汲取承受它的勇气。在这种绝望的境遇中，如果说承受苦难仍有意义，那么，这意义几乎唯一地就在于承受苦难的方式本身了。第二次世界大战时，有一个名叫弗兰克尔的人被关进了奥斯维辛集中营。凡是被关进这个集中营的人几乎没有活着出来的希望，等待着他们的是毒气室和焚尸炉。弗兰克尔的父母、妻子、哥哥确实都遭到了这种厄运。但弗兰克尔极其偶然地活了下来，他写了一本非常感人的书，讲他在集中营里的经历和思考。在几乎必死的前景下，他之所以没有被集中营里非人的苦难摧毁，正是因为他从承受苦难的方式中找到了生活的意义。他说得好：以尊严的方式承受苦难，这是一项实实在在的内在成就，因为它证明了人在任何时候都拥有不可剥夺的精神自由。事实上，我们每个人终归都要面对一种没有任何前途的苦难，那就是死亡，而以尊严的方式承受死亡的确是我们精神生活最后一项伟大的成就。

苦难的精神价值

维克多·弗兰克尔是意义治疗法的创立者，他的理论已成为弗洛伊德、阿德勒之后维也纳精神治疗法的第三学派。第二次世界大战期间，他曾被关进奥斯维辛集中营，受尽非人的折磨，九死一生，只是侥幸地活了下来。在《活出生命的意义》这本小书中，他回顾了当时的经历。作为一名心理学家，他并非像一般受难者那样流于控诉纳粹的暴行，而是尤能细致地捕捉和分析自己的内心体验以及其他受难者的心理现象，许多章节读来饶有趣味，为研究受难心理学提供了极为生动的材料。不过，我在这里着重想谈的是这本书的另一个精彩之处，便是对苦难的哲学思考。

对意义的寻求是人最基本的需要。当这种需要找不到明确的指向时，人就会感到精神空虚，弗兰克尔称之为存在的空虚。这种情形普遍地存在于当今西方的富裕社会。当这种需要有明确的指向却不可能实现时，人就会有受挫之感，弗兰克尔称之为存在的挫折。这种情形发生在人生的各种逆境或困境之中。

寻求生命意义有各种途径，通常认为，归结起来无非一是创造，以实现内在的精神能力和生命的价值，二是体验，借爱情、友谊、沉思、对大自然和艺术的欣赏等美好经历获得心灵的愉悦。那么，倘若一个人落入了某种不幸境遇，基本上失去了积极创造和正面体验的可能，他的生命是否还有一种意义呢？在这种情况下，人们一般是靠希望活着的，即相信或至少说服自己相信厄运终将过去，然后又能过一种有意义的生活。然而，第一，人生中会有一种可以称作绝境的境遇，所遭遇的苦难是致命的，或者是永久性的，人不复有未来，不复有希望。这正是弗兰克尔曾经陷入的境遇，因为对于奥斯维辛集中营的战俘来说，毒气室和焚尸炉几乎是不可逃脱的结局。我们还可以举出绝症患者，作为日常生活中的一个相关例子。如果苦难本身毫无价值，则一旦陷入此种境遇，我们就只好承认生活没有任何意义了。第二，不论苦难是不是暂时的，如果把眼前的苦难生活仅仅当作一种虚幻不实的生活，就会如弗兰克尔所说，忽略了苦难本身所提供的机会。他以狱中亲历指出，这种态度是使大多数俘虏丧失生命力的重要原因，他们正因此而放弃了内在的精神自由和真实自我，意志消沉，一蹶不振，彻底成为苦难环境的牺牲品。

所以，在创造和体验之外，有必要为生命意义的寻求指出第三种途径，即肯定苦难本身在人生中的意义。一切宗教都很重视苦难的价值，但认为这种价值仅在于引人出世，通过受苦，人得以救赎原罪，进入天国（基督教），或看破红尘，遁入空门（佛教）。与它们不同，弗兰克尔的思路属于古希腊以来的人文主义传统，他是站在肯定人生的立场上来发现苦难的意义的。他指出，即使处在最恶劣的境遇中，人仍然拥有一种不可剥夺的精神自由，即可以选择承受苦难的方式。一个人不放弃他的这种“最后的内在自由”，以尊严的方式承受苦难，这种方式本身就是“一项实实在在的内在成就”，因为它所显示的不只是一种个人品质，而是整个人性的高贵和尊严，证明了这种尊严比任何苦难更有力，是世间任何力量都不能将它剥夺的。正是这个原因，在人类历史上，伟大的受难者如同伟大的创造者一样受到世世代代的敬仰。也正是在这个意义上，陀思妥耶夫斯基说出了这句耐人寻味的话：“我只担心一件事，就是怕我配不上我所受的苦难。”

我无意颂扬苦难。如果允许选择，我宁要平安的生活，得以自由自在地创造和享受。但是，我赞同弗兰克尔的见解，相信苦难的确是人生的必含内容，一旦遭遇，它就的确提供了一种机会。人性的某些特质，唯有借此机会才能得到考验和提高。一个人通过承受苦难而获得的精神价值是一笔特殊的财富，由于它来之不易，就绝不会轻易丧失。而且我相信，当他带着这笔财富继续生活时，他的创造和体验都会有一种更加深刻的底蕴。

图书在版编目（CIP）数据

幸福是一种能力：全新修订版 / 周国平著 . -- 长沙：湖南文艺出版社，2020.1

ISBN 978-7-5404-9377-6

Ⅰ . ①幸… Ⅱ . ①周… Ⅲ . ①散文集—中国—当代 Ⅳ . ① I267

中国版本图书馆 CIP 数据核字（2019）第 264782 号

上架建议：文学·散文

XINGFU SHI YIZHONG NENGLI：QUANXIN XIUDINGBAN

幸福是一种能力：全新修订版

作　　者：周国平
出 版 人：曾赛丰
责任编辑：薛　健　刘诗哲
监　　制：邢越超
特约策划：李彩萍　闫　雪
版权支持：姚珊珊
营销支持：文刀刀　傅婷婷　周　茜
版式设计：梁秋晨
封面设计：利　锐
封面插画：站酷@花吃了那怪兽
出　　版：湖南文艺出版社
（长沙市雨花区东二环一段508号　邮编：410014）
网　　址：www.hnwy.net
印　　刷：天津丰富彩艺印刷有限公司
经　　销：新华书店
开　　本：835mm × 1270mm　1/32
字　　数：141千字
印　　张：7.5
版　　次：2020年1月第1版
印　　次：2020年1月第1次印刷
书　　号：ISBN 978-7-5404-9377-6
定　　价：48.00元

若有质量问题，请致电质量监督电话：010-59096394
团购电话：010-59320018